双葉文庫

大富豪同心

一万両の長屋

幡大介

目次

この作品は双葉文庫のために書き下ろされました。

一万両の長屋　大富豪同心

第一章　雨漏り長屋

一

夕闇が江戸の町を包み込もうとしている。太吉《たきち》はふと、顔を上げた。

「お直《なお》。もう、六ッ（午後六時頃）の鐘は鳴ったかい」

お直と呼ばれた娘は、店先にぶら下げられた笊《ざる》を下ろしながら答えた。

「ええ、もうとっくに」

太吉は白髪頭を掻《か》いた。

「いけねぇな。おとっつぁん、耳まで遠くなってきたみてぇだ」

実の父と娘だが、傍目《はため》には祖父と孫娘のように見える。遅くに生まれた一人娘だった。

南本所の長岡町《ながおかちょう》。横川に近い町人地の一角、通りに面した表店《おもてだな》で、太吉は八百屋《やおや》を営んでいる。間口が二間の小さな店だ。使用人も雇っていない。娘と二人で切り盛りしている。

通りが薄暗くなってきた。そろそろ店じまいをしないといけない。太吉は店先に並べた野菜を束ねて「よっこらせ」と店の奥へ運んだ。

太吉はこの正月で五十六歳になった。人生が五十年で、人が老いるのが早い江戸時代では、もう年寄りもいいところだ。

お直は金の入った笊を傍《かたわ》らに置いて、細い指で銭を数えては、丹念に帳づけをしている。太吉は視力もかなり衰えており、薄暗い夕刻に銭勘定や帳づけはできない。金の出入りは娘に任《まか》せきりになっていた。

商家の娘など、家の金を持ち出して遊び呆《ほう》けている娘の噂も時折耳にするが、お直に限ってそのようなことはない。身を粉にして老いた父親を支えている。

歳は十六になる。小柄で丸っこい顔をしている。親の贔屓目《ひいきめ》で見ても器量良しとは言い難いが、気立ての良い働き者であることは近隣に知れ渡っていて、嫁の口などもそろそろかかるようになっていた。

嫁に出すなら、話を纏《まと》めねばならない歳頃であろう。しかし、お直にその気はないようである。老いて独り身の父親を残して嫁ぐことはできないと考えているらしい。

それなら婿を取れば良い。小さい八百屋だが家付きの娘だ。婿入りを望む若い男には事欠くまい。などと周囲の者たちは皆、そう思っているのだが、太吉だけが渋い顔をして同意しない。太吉にはどうしても、婿を家に入れるわけにはいかない理由があったのだ。


太吉は表戸を閉めた。

「おとっつぁんは家賃を集めてくる。戸締りを良くしておくんだよ」

太吉は娘に声をかけると店を出た。建物の横手に回る。店の横には長屋の木戸口があった。木戸口をくぐれば裏長屋である。

細い路地を通って奥に進むと、井戸と厠《かわや》を備えた空き地があった。長屋の女たちが夕飯の支度をしていた。

「おや、大家さん、お晩です」

女たちが太吉を認めて挨拶を寄越してきた。とはいえ、井戸端にしゃがんだままの行儀の悪さだが、そのへんの不作法は貧乏長屋では当たり前のことだ。

太吉は表店の主であると同時に、裏店《うらだな》の大家も任されていた。この近辺の土地の建物を持っているのは表通りに店を構える大店《おおだな》で、江戸の草分け町人の呉服屋である。

太吉は福々と微笑《ほほえ》んだ。

「晦日《みそか》です。お家賃をいただきに参じました」

女たちの顔つきが変わった。

「おや、もう一月経ったのかぇ」

ついこの前、家賃を払ったばかりだと思っていたのに、とかなんとかぼやきながら各々の家に戻り、甲斐性《かいしょう》のない夫に悪態をつきながら小金をかき集めて戻ってきた。

この長屋は大家である太吉の名を取って『太吉店』と呼ぶのが正式なのだが、誰もそのような名では呼ばない。雨漏り長屋などとさんざんな言われようをしている。もっとも、そのぶん家賃は安い。ちょっとぐらい雨漏りしても、夜風が吹き込んでも、苦にしない生命力がある者にとってはなによりの物件だと言えなくもない。

しかし、それでも家賃を払いきれない者は出てきた。

長屋の奥から痩せた老人が這い出してきた。

「ああ、ご隠居さん、今晩は」

太吉を含めて長屋の者たちはこの老人をご隠居と呼んでいる。ご隠居は目脂《めやに》のついた目を瞬《しばたた》かせた。

「大家さん、今夜は持ち合わせがないんだよ……。明日、親類の者が合力金を持って来ることになっているから……」

「ああ、分かりました。じゃ、明日でいいですよ」

ご隠居は白髪頭を何度か振って、自分の部屋に戻っていった。

おしゃべり好きなおかみさんが首を傾《かし》げながら訊ねてきた。

「本当に合力金なんかもらっているのかねぇ？　あの爺さんの所に客が来るのなんか見たことがないよ」

「ええ、でも、きちんと月々の物は頂戴しておりますから」

太吉が困り顔で言うと、おかみは「そうだねえ」と破顔した。

「家賃を払わないモンが、長屋に居続けられるわけがないもんねえ」

太吉の顔がわずかに顰《しか》められた。ご隠居からの家賃は、実はもうここ何年も預かっていない。家賃を払っていないのだ。にもかかわらず住み着いていられるのは太吉の好意——否、思惑によっている。太吉が代わりに家賃を払い、ご隠居には「頼むからこのままここに住んでいてくれ」とこちらから頼み込んでいるのである。

ご隠居を追い出すのはわけもない。しかしほんの一時でも、あの部屋が空いてしまうことが困るのだった。

ぼんやりとそんなことを考えていると、おタマという名のおかみが思案顔を寄せてきた。四十がらみで、貧乏人なのにどうして、と不思議に思えるほど肥えている。恰幅《かっぷく》も良いが気っ風も良い。人の良いお節介焼きである。

「大家さん、留さんなんだけどね……」

「えっ、ああ、留吉《とめきち》さんがどうかなすったかね」

「うん。お鶴《つる》さんの具合が、あんまし、ねぇ……」

「ああ、そうかね。ううむ、困ったね」

留吉はご隠居の部屋の隣に住んでいる振り売りの商人である。幸運なことに、お鶴という名の恋女房がいる。『長屋に過ぎたるもの。紅のついたる火吹き竹』を地でゆく男なのだが、残念なことに、その恋女房が長患いに苦しんでいた。薬餌《やくじ》代がだいぶ嵩《かさ》んでいるようだ。さらには女房のことが心配で、仕事にも身が入らないらしい。

「困ったねぇ」

太吉は白髪頭を撫《な》でた。

大家の仕事は家賃をきちんと徴収して、家主に渡すことだ。しかもその家賃の中から冥加金《みょうがきん》（税金）や町入り用（町会費）を払わねばならない。留吉が金を出せないとなると、大家が身銭を切らねばならないことになる。

とは言うものの、無い金をせびったところで出てくるはずもない。あまり厳しく督促すれば、実直な留吉のことだ、病身の妻を抱えて長屋を出て行くかもしれない。

（それは困る）

と太吉は思った。ご隠居の部屋と同様、留吉の部屋は、けっして空けることのできない部屋なのだ。いつでも誰かに住んでいてもらわねば困る。

太吉は困りながらも留吉のことはそっとしておくことにして、自分の店に引き返した。

お直の手を借りながら、長屋のほうの帳づけをしていると、表戸が遠慮深げに叩かれた。

　太吉とお直は顔を見合わせた。

　夜中に野菜を買いに来る者など滅多にいないが、ごくまれに、近隣の一膳飯屋の親爺が買いだしに来ることもある。顔見知りの者は声でわかる。

「どなたですかえ」

　太吉が訊ねると、表から細い声が聞こえてきた。

「留吉です」

　確かに留吉の声である。太吉は落とし猿を上げて戸を開けた。

　家賃の支払いは月末である。この時代は太陰暦であるから月末の夜に月は出ていない。外は漆黒《しっこく》の闇であった。

　留吉は明かりも持たずに立っていた。

「あ、あいすいやせん、大家さん。あっしは……」

　顔色が悪いし声も細い。家賃を持ってきたのならもっと堂々としているはずだ。太吉はすぐに悟った。

「お鶴さん、だいぶいけないようだねぇ」

　先回りして言ってやると、留吉はズルッと鼻水をすり上げた。

「へい……」

「薬代も嵩むことだろう。お前も大変だねぇ」

「へい」

「そういうことなら仕方がない。お鶴さんが元気になるまで待とうじゃないか」

「えっ、い、いいんですかい」

熱烈な視線で縋《すが》りつかれて、太吉は困り顔をした。

「これが博打ですっちまった、なんていうんなら勘弁もならねぇが、お鶴さんが病じゃあ仕方がない。家主さんにはあたしから話をつけておこうよ」

「へへーっ」

留吉はおもわずその場に土下座していた。

「ありがてぇ……、大家さん、ありがてぇ……」

「お、おやめなさいよ、大の男がそんな真似をしちゃあいけない」

太吉は腕を伸ばして留吉を抱き起こした。

「何も金を恵んでやろうというんじゃない。ちょっとの間、貸しておくだけだ。そういうことだからお前ね、お鶴さんが元気になったら、人の二倍も三倍も働いて、返してくれなくちゃいけないよ」

「へい、へい。確かに、お約束いたします……」

「お前が働き者で、義理堅い男だと知っているから待ってやるんだ。わかったね。さぁ、早くお鶴さんのところに戻っておやんなさい」

留吉は何度も頭を下げて帰っていった。

太吉は表戸を閉めながらため息を洩《も》らした。金のやりとりは気骨《きぼね》が折れる。

(長患いで家に居続けなのも、こっちにとっては好都合といえば、好都合だからねぇ……)

帳づけに戻ると、お直がニコニコと微笑んでいた。人情に厚い父親を誇りにしているようだ。

それはそれで嬉しい話なのだが、しかし、太吉がご隠居や留吉夫婦に甘い顔を見せるのは、人情からではけっしてない。冷徹で狡賢《ずるがしこ》い計算によるものだ。それだけに、無邪気な娘に尊敬の眼差しを向けられるのが辛かった。

「さてと」

太吉は集めた金を鍵付きの手文庫にしまって帳面を閉じた。

「お前は湯屋に行きなさい」

太吉のほうは湯屋には行かない。明日家主に渡す金を見張っていなければならないからだ。

「それじゃ、おとっつぁん、行ってきます」

お直は町内の湯屋に向かって走り出た。急がないと仕舞い湯になってしまう。

一人残された太吉は、煙管《キセル》を出して一服つけた。今夜ばかりは晩酌をするわけにもいかず、疲れた身体と頭を持て余している。

と、その時。

「誰だえ？」

太吉は表戸に目を向けて声をかけた。微《かす》かに戸を叩く音が聞こえたからだ。

無意識のうちに右手が火鉢に刺さった火箸を握っている。こんな貧乏長屋の大家の所にまさかと思うが、集めた家賃目当ての強盗が押しかけてきたのかもしれない。晦日は強盗にとって稼ぎ時なのである。

それきりなんの物音もしなくなったが、何者かが外に潜んでいるのはわかった。太吉は目も耳も衰えたが、勘働きだけは衰えていない。

「どなたさんですかえ」

いよいよきつく火箸を握りしめ、店のほうに向かった。野菜を切り売りするための包丁が置いてある。火箸を置いて、代りに包丁を握った。

「とっつぁん……」

外からくぐもった声が聞こえてきた。太吉は腰を落とし、油断なく身構えた。

「誰でぇ」

すると、表戸が、独特の調子を刻んで叩かれた。太吉はいよいよ緊張し、老いた顔を顰めさせた。

それは仲間同士の合図に使う符丁だったのだ。

「俺だよ、とっつぁん。平三《へいぞう》だ」

「蛇《くちなわ》の」

太吉は潜り戸の落とし猿をあげた。戸をそっと開けて顔を出すと、暗がりに男が立っているのが見えた。

男は腰を屈めて、屋内の明かりに自分の顔を晒《さら》して見せた。

「御免なすって」

「蛇の。やっぱりお前《め》ェか」

蛇ノ平三は、蛇という通り名とは裏腹に、まん丸い顔と頭をした男だった。背丈はやや低いほうで、肩幅などがガッチリとしている。

蛇という通り名は「食いついたら離さない」という、執拗《しつよう》な性格によるものだ。また、細い瞼《まぶた》の冷酷な眼差しが確かに蛇を思わせないこともない。

その瞼がうっすらと細められている。低い鼻の下で薄い唇が冷やかな笑みを浮かべていた。

「俺を通り名で呼ぶってこたぁ、お直ちゃんは留守かい」

平三は断りもなく、ヌウッと店の中に入ってきた。

太吉は――、実直な八百屋や、情に厚い大家の仮面をかなぐり捨てて、険悪な眼差しで平三を睨《にら》んだ。

「湯屋に行ってるんでぃ。すぐに戻ってくらあ。話があるなら手短に頼むぜ」

平三は声を忍ばせて笑った。

「とっつぁんはまだ、自分の正体をお直ちゃんに明かしていねぇんですかい」

「お前ぇにゃあ関わりのねぇ話だ」

「とっつぁんの正体が、江戸を騒がした大泥棒、夜霧《よぎり》ノ治郎兵衛《じろべえ》の手下、ムササビの太吉だと知ったら、お直ちゃんはどんな顔をするかねぇ」

太吉はチッと舌打ちした。

「くだらねぇことをくっ喋《ちゃべ》っているんじゃねぇ。用件があるならさっさと進めてくんな」

「ああ。それがね、ちっとばかし込み入った話なんだ。ツラぁ貸してもらえるかい」

太吉の脳裏に、チラッと、預かった家賃のことが過《よぎ》った。

しかし、そんな金は根こそぎ盗まれたとしても、実はたいした問題ではない。

今はそれより平三の扱いのほうが重大事であった。

「わかった。ちっとばかし待ってな」

太吉は座敷に戻ると筆をとって、紙を広げた。湯屋から戻った娘が心配して騒ぎを起こすといけない。用があって家を出るが、すぐに帰る旨を書きつけた。

と同時に、長火鉢の底にこっそりと隠してあった匕首《あいくち》を探り出して、平三に気づかれぬように懐に入れた。平三は蛇の通り名そのままに冷酷な男だ。仲間とはいえ油断できない。

「ようし、見られねぇうちに行こうぜ」

平三の背中を押すようにして外に出る。

「へっ、おいらのツラぁ、そんなに見られちゃまずいかね」

「手前《てめ》ェのツラつきは、どっから見ても悪党だ」

平三たちとつるんで仕事をしていた頃には気づかなかった。おそらく自分も、凶悪なヤクザ者の顔をしていたからであろう。

しかし、貧乏長屋の正直者たちと暮らしているうちに、まともな人間の物腰や顔つきや口調というものが、当たり前のものとして受け入れられるようになってきた。それらの町人たちと比べると、平三はあまりにも異様で険悪であった。

（こんな男と一緒にいるところを見られたら、わしの素性まで疑われてしまう）

太吉は手拭いで顔を隠し、背中を丸めて横川沿いの、薄暗い荷揚《にあ》げ場に向かった。

月は出ていないので夜道は真っ暗だ。町家の軒行灯《のきあんどん》だけを頼りに進んだ。

「おう、ここならいいだろう。なんの話だ」

荷揚げ場の物陰に身を潜めて、太吉は平三を問い質《ただ》した。

「久しぶりに顔を合わせたってのに、ずいぶんな物言いじゃねぇか」

平三は真実味のまったく感じられない笑顔を向けてくる。悪党が他人に笑顔を向ける時は、相手を利用しようとしている時か、上手いこと騙《だま》してやろうと企んでいる時だけだ。

「俺は、とっつぁんのことを、実の父親みてぇに慕っているってぇのによ」

「気持ち悪《わり》ィことを抜かすな。虫酸《むしず》が走るぜ。用件を早く言え」

「そうかえ。それじゃあ話すけどよ」

平三は着物の衿を伸ばして、ついでに背筋も伸ばした。

「話すとなげぇんだが、手短に言うぜ。俺はお頭には内緒で、盗み働きをしているんだ」

「なんだと」

太吉は平三を睨み付けた。

「手前ェ、お頭の言いつけに背《そむ》いたってぇのかい」

「まぁ待ちねぇ、とっつぁん」

平三は、いまにも食ってかかりそうな太吉を片手で制した。

「俺にも、止むに止まれぬ事情ってもんがあったんだ」

「誰が待てるか馬鹿野郎。手前ェがドジを踏んで町方にとっ捕まったら、一網打尽に夜霧一家が挙げられちまうんだぞ！」

「馬鹿を言うなぃ。誰が町方なんぞに捕まるもんかぇ。それに、仮に捕まったとしても、誰が仲間を売るもんかよ」

「手前ェ……、手前勝手な屁理屈を並べやがって、そんな理屈でお頭の掟を破った咎《とが》を言い抜けるつもりか」

「こっちにも言い分ってもんがあらぁ」

「手前ェの言い分なんざ聞く耳持たねぇ」

「まぁ聞いておくんなよとっつぁん。とっつぁんは、お頭の定めた掟に無理があるとは思わねぇのか」

「なんのことだ」

「五年前《め》ェ、俺たちは苦労してほうぼうの大店を荒らしまくって、一万両もの金を盗んだ。それだけの金があれば一生遊んで生きてゆけたはずなんだ。それを未だに山分けしてくれねぇってのはどういうことだい」

「馬鹿野郎！　手前ェ、そんなこともわからねぇのか」

盗賊はどれほど巧妙に盗みを働き、どんなに逃げ足が早かろうとも、いずれは捕まる運命にある。盗んだ金を使う時に足がついてしまうからだ。

そもそも悪党というものは、たいてい気が短い。そして後先を考えることができない。

計画的な人間は、真面目にコツコツと働くし、そのほうが人生全体で見た場合に得であることを知っている。

こういう損得勘定がまったくできない手合いが、楽して大金をせしめようとして犯罪者になる。そして大金を手に入れると、後先のことなどまったく考えずに散財する。

江戸時代の日本は、貧富や階級の格差が厳然としていた時代だ。大金を持っているはずのない人間が大金を使えば、即座に役人に通報されて、身元を検《あらた》められてしまう。

江戸の歓楽街には町奉行所の諜報網が張られていた。茶屋や料亭の主や女将は奉行所の治安維持の末端組織を担っていた。吉原などはその最たるもので、揚屋《あげや》や手引き茶屋の主などは、なんと、逮捕権まで持っていたという。忘八《ぼうはち》などと呼んで馬鹿にできたものではない。

そんなところへ強面《こわもて》のヤクザ者が大金を持って揚がろうものなら、即座に捕まってしまうわけである。

平三たちのお頭はそれを案じたからこそ、配下の者に大金を渡すことを拒み、ほとぼりが冷めるのを待つ策に出たわけだ。

「そんなこともわからねぇのか」

太吉は老人らしいくどい口調で道理を言い聞かせた。

「手前ェが今日まで生きてこれたのは、お頭のご配慮のお陰じゃねぇか」

平三などに分け前を渡していたら、その日のうちに散財しまくり、町方に目をつけられて、探りを入れられ、いずれは捕縛されて獄門台に首を据えられていたはずなのだ。

しかし平三は「聞いちゃいねぇ」という顔つきで、かったるそうに首筋など掻いている。

「俺が俺の分け前をどう使おうが、そりゃあ、俺の勝手というもんじゃねぇんですかい」

「馬鹿野郎！　手前ェ……」

「とっつぁん、説教はもういいですぜ」

平三が殺気の籠《こ》もった目を向けてきた。太吉はおもわず「ウッ」と咽《のど》を詰まらせた。

五年前に別れたのちも平三は、盗み働きを続けていたのであろう。この男のことであるから手当たり次第に押し込んで、その家の者たちを皆殺しにするような手口を使っていたはずだ。

一方の太吉はもう十二年も前に盗人を引退し、その後の月日は八百屋と長屋の大家として過ごした。一党の裏方に回り、盗み働きを陰で支援していたのだが、気力体力ともに衰えて、今やただの好々爺になりかけている。

平三の凄《すご》みを押し返すだけの気力はどこにもない。

「とっつぁん、俺ァな、もうお頭の許から離れようと思ってるんですぜ」

「お、お頭の許を離れて、どうするつもりだい……」

「俺もう、いい歳だ。いつまでも丁稚《でっち》小僧みてぇに追い回されて、こき使われている身分じゃあ満足できねぇ」

「ふん、勝手にしねぇ。お前ェなんかに一人立ちができると思っているんなら、やってみるがいいさ」

「ああ、そうさせてもらうぜ」

平三は「フン」と鼻を鳴らしてせせら笑った。

「そこでだ、とっつぁん。一人立ちの餞《はなむけ》ってヤツを、もらいてぇのさ」

「何を」

平三が顔をヌウッと近づけてきた。せせら笑う鼻息が太吉にかかった。

「五年前ェに俺たちが盗み貯めた一万両、それを預かってるのはとっつぁんだって聞いたぜ」

「馬鹿ぁ抜かせ」

「十二年前ェ、歳食って隠居したとっつぁんに、お頭はあの店と長屋を持たせてくれた。そりゃあなんのためだ？　なぁ、とっつぁん、お頭が金を預けておくとしたら、とっつぁんの所が一番好都合だからじゃねぇのか」

「下衆《げす》の勘繰りはやめねぇか」

「おっと、白ばっくれたって無駄だぜ。お頭のやりかたを快く思っていないのは俺だけじゃあねぇ。いろいろとネタは上がってるんだからな」

「なんだと……」

　鉄の結束を誇った夜霧ノ治郎兵衛一家が分裂しているというのか。

　そんな馬鹿な——、と太吉は思ったが、しかし、五年前の一万両を、太吉が預かったことまでバレている。その重大事を知る何者かが裏切って、平三と組んでしまったのに違いない。

「とっつぁん、いや、ムササビの太吉さんよ」

　平三が余裕をかまして薄笑いを浮かべ、流し目で見下してきた。

「お頭と手を切って、俺の下につくのなら、早いほうがいいんだぜ。早ければ早いだけ分け前が増えるってもんだ。俺は夜霧ノ治郎兵衛みたいにケチな性分じゃねぇ。いくらでも欲しいだけくれてやらぁな」

「な、何言っていやがる」

「治郎兵衛が隠した一万両はどこにあるんだい」

平三が腕を伸ばしてきて、太吉の襟首をムンズと摑《つか》み、絞り上げてきた。

「やいムササビの。この俺がここまで腹を割ったからには、どうでも否とは言わせねぇぜ。わかってるんだろうな」

「て、手前ェ……」

否と言えば殺される。平三が自分を生かしておくはずがない。平三も自分の命を賭けているのだ。平三一味と夜霧ノ治郎兵衛一家は、すでに殺すか殺されるかの切所《せっしょ》に足を踏み込んでいたのだ。

太吉は平三を思いきり突き飛ばした。急いで距離をとって、懐の匕首を摑《つか》んだ。

「なんだよ爺《じじ》ィ。やるってのか」

平三は薄笑いを浮かべながら迫ってきた。

二

朝靄《あさもや》が濛々《もうもう》と湧き上がっている。一寸先とは言わないが、一間先の物まで見えないような濃霧だ。

江戸という街には、至る所に水路が切られている。低地帯の水路には海の水が流れ込んでいる。明け方に急に冷え込んで、気温が海水温度より低くなったりすると、水路という水路から強烈な霧が湧き上がり、江戸の下町を包み込むのだ。

「ふえーっクショイ！」

濃霧の中で誰かが大きなくしゃみをした。

その男は、しゃなりしゃなりと妙な足どりで掘割沿いに進んできた。小粋なんだか、気持ち悪いんだか、判断に困る身のこなしだ。

細身で華奢《きゃしゃ》な体軀《たいく》である。細身に仕立てた着物を着て、上質な絹の羽織をつけている。襟元から伸びた首筋は細くて生っ白《ちろ》い。首筋もほそいが、肩も、腰回りも、両脚も、ぜんぶ細い。生まれてこのかた一度たりとも力仕事などしたことがございません、と言わんばかりの体型だ。

細身にすいた髷《まげ》を頭にのせている。ほのかな微笑を口元にたたえた容貌は「役者にしたい」と思わせるほど優美である。

色白で、鼻筋が通っていて、淡い桃色の唇は小さめ。男に生まれるより女に生まれたほうが何倍も良かったであろうに、と思わせる美貌であった。

帯から白鮫革の莨《たばこ》入れを下げている。根付は象牙《ぞうげ》で、素晴らしく精緻な彫りが施された高級品だ。

真っ白な足袋に分厚い革の畳表つき雪駄《せった》履き。

頭のてっぺんから足の爪先まで満遍なく金がかかっている。羽織の袖口の内に手を引っ込めて、ヒョコヒョコと袖を振りながら歩く姿は大金持ちの放蕩《ほうとう》息子そのものだ。幇間《たいこもち》を従えさせて道行く姿も、実に堂に入っている。

実際に昨夜は、朝まで夜通しで放蕩三昧《ざんまい》を繰り広げているのである。この男、その正体は南町奉行所の同心、八巻卯之吉《やまきうのきち》なのだ。

本来なら目尻が引きつるほどにきっちりと髷を引き締め、三ツ紋つきの黒羽織を巻羽織にして、腰には二刀を落とし差しにして傲然《ごうぜん》と歩いているはずである。

というかそもそも、武士というものは深夜の徘徊《はいかい》が許されていない。夜間には必ず家にいるか、あるいは夜勤先に詰めていなければならないのだ。幕府の法度《はっと》でそのように定められている。

むろん町奉行所の役人であるから、夜間の江戸市中巡回もする。町中を見回って治安の維持をはかるのは定町廻、臨時廻、隠密廻の三廻で、特に隠密廻は町人に変装して密かに市中を見廻っている。町奉行直属の秘密任務で、奉行所きっての切れ者が揃えられていた。

のであるが卯之吉の場合、ただの単なる遊興である。町人の姿をしているのも、「役人の格好では遊里に出入りできないから」なのだ。

奉行所の上役に見咎《みとが》められたら、しれっとした顔つきで「市中を見廻っておりました」などと言い抜けるつもりだが、しかし、いい加減に酔いの回ったご機嫌な姿と千鳥足では、その言い訳も通用しそうにない。

そもそも卯之吉は生まれついての武士ではない。もっとも同心は正式には武士の身分ではないのだが、とにもかくにも役人の家に生まれた男ではない。

江戸一番（すなわち日本一）の札差《ふださし》で、両替商でもあり、大名や高級旗本相手の高利貸しでもある三国屋《みくにや》の、放蕩者の若旦那だったのだ。

卯之吉のあまりにも無気力で怠惰な放蕩生活を心配した祖父——三国屋の主の徳右衛門《とくえもん》が、有り余る財力にものを言わせて奉行所の同心株を買い取ったのだ。

後継ぎのいなかった同心の八巻家に、養子として卯之吉を送り込むことに成功したのである。

いうまでもなく褒められた話ではない。元より無理な話である。

徳右衛門は金の力で無理を押し通した。南町奉行所内与力の沢田彦太郎《さわだひこたろう》を籠絡《ろうらく》し、奉行をも籠絡し、奉行の上役である老中までをも籠絡した。

この時代の武士は、出世したければ上司や幕府の高官に金をばらまかねばならない。その大金を用立てできるのは三国屋のような大店だけだ。出世を目指す者たちは、常に大店に良い顔を向けていなければならない。あるいは、借金という弱みを握られて、言いなりになる覚悟もせねばならなかった。

結局のところ金の力がものをいって、遊里で評判の放蕩若旦那は町奉行所の同心になった。

しかしやはりこれは内密にすべき話である。町奉行所が金の力に屈しただの、あのお役人は金の力で役人になっただのと噂されては拙《まず》い。また、同じ町奉行所に勤める役人たちの士気にも関わる。

かくして八巻卯之吉の素性は厳重に秘されている。卯之吉も十分に注意して生活せねばならないはずなのだが、この男、持って生まれた放蕩癖が抜けきれず、非番ともなると町人姿に変装し、吉原や深川にまで足を運ぶ。遊里や悪所の者たちも、まさか、放蕩者の若旦那が同心サマになったなどとは思わない。

かくして卯之吉は、放蕩者と同心の、ふたつの顔を使い分けたり、使い分けなかったり、本当の自分はどっちだったのか、なにがなにやら本人自身でもよく分からない生活を送っていたのであった。

「朝晩はだいぶ冷え込むようになったねぇ」

卯之吉がそう呟《つぶや》くと、後ろについて歩いていた幇間が「さいでげすなぁ」と相槌を打った。

幇間の銀八《ぎんぱち》は卯之吉とは三年越しの腐れ縁である。幇間としての技量は低劣で、卯之吉以外の旦那衆からはまったく相手にされていないから、実質的に卯之吉べったり、付け人か、八巻家の小者のような扱いになりつつある。

さらには最近はガラにもなく、岡っ引きの真似事までさせられているのだ。

しかし銀八にとって卯之吉はなけなしの旦那であり、この旦那に見捨てられたら最後、幇間として生きてはゆけない。何事が起ころうともくっついていくしかない。

ぼんやりと空が明るくなってきた。しかし、霧は深いままで、視界は真っ白に塞がれている。掘割の土手際に植えられた柳の枝が黒い影になっている。なんとも不気味な光景だ。

「銀八、そのへんに船頭さんはいないかねぇ。歩き疲れたよ」

卯之吉がのんびりと命じた。銀八は「へい」と応えて船頭を探しに走る。江戸の市中はくまなく水路が張りめぐらされているので、猪牙舟《ちょきぶね》を雇えば座ったままでどこへでも行ける。

この時代、灯火用の油が安くなったので、次第に夜遊びをする者が多くなってきた。夜中や早朝でも、朝帰りの旦那を乗せようという船頭が客待ちをしていることがあった。

しかし町奉行所の同心は江戸中を駆けずり回るのが仕事なのである。「歩き疲れた」などという物言いは噴飯ものである。

銀八としても首を傾《かし》げざるをえないのだが、旦那に命じられたら逆らえない。旦那に意見をするのは旦那の家族や親類の仕事だ。売れない幇間は言われるがままに走り回るだけである。

銀八は堀端に下りた。桟橋近くの草むらの中で、黒い着物を着た男が大の字になって寝ているのが見えた。船頭が客待ちをしているうちに睡魔に襲われ、そのまま寝入ってしまったものと思われた。

「おーい、とっつぁん。舟を出してくれないか」

声をかけたのだが、男は寝転んだまま動かない。銀八は舌打ちした。

「年寄りのくせに朝寝坊だな。──おい、とっつぁん、旦那が舟をお待ちだよ。金離れだけは素晴らしい旦那だ。さぁ、起きて、舟を出しておくれ」

銀八は男の肩に手をかけて揺さぶった。

その瞬間、手のひらに広がる不気味な感触にギョッとなった。

手を引っ込めて、自分の手のひらを見ると、これが赤黒く汚れている。生臭い臭いが鼻を突いた。

「ひゃあッ！」

この感触と色、そして臭い。粗忽者《そこつもの》の銀八でも間違えることはない。これは血だ。

「と、とっつぁん！」

黒い着物を着ているのだと思っていたのだが、それは血を吸った着物だったのだ。変色した血が真っ黒に見えていたのである。

銀八は悲鳴を張りあげた。

「どうかしたかえ」

卯之吉が、呑気《のんき》な口調と顔つきで歩み寄ってきた。

三

南町奉行所、定町廻筆頭同心の村田銕三郎《むらたてつさぶろう》は、いつものように苦み走った顔つきで、縦皺《たてじわ》を刻んだ眉間に凄みを利かせながら走ってきた。

日は上り、気温が上がって風も出たので霧はすべて吹き払われた。眩《まぶ》しい陽光が堀端を照らしつけている。

すでに現場には近在の番所の番太郎や、一足先に町奉行所を走り出た小者たちが集まっていた。村田が巻羽織の肩をそびやかせながら歩み寄っていくと、番所の親方が慌てて一礼を寄越してきた。

「朝早くからご苦労さまにございます。手前の名は茂平次《もへいじ》と申しまして――」

「お骸《ろく》はどこでぇ」

挨拶する親方などには目もくれず、村田銕三郎はドスの利いた声音《こわね》で訊ねた。

目下の者には高圧的に接するのが、同心の格を保つ秘訣だと思っているのである。

村田の思惑通りに震え上がった親方は、冷や汗まみれで腰をヘコヘコと屈めさせると、村田を先導して堀端に下りた。

「ああ、コイツかい」

草むらの中に大の字に死体が転がっている。村田は死体の脇に屈み込んだ。顎に親指と人指し指を当てて、考え込む仕種を決めた。

村田鋳三郎は異常なまでの見栄っ張りである。やじ馬たちが遠巻きに注視しているのを意識して、姿を良く見せるように心がけているのだ。

十手の先で血まみれの着物の衿をはだけさせる。肩や胸には傷痕《きずあと》がいくつも残されていた。

「滅多刺しだなぁ」

言うまでもないが、やじ馬の前で姿かたちを決めているばかりではない。村田は定町廻の筆頭同心。身分に相応《ふさわ》しい能力と眼力を備えた切れ者である。そのうえで見栄っ張りだから、出世しよう、手柄を立てようとして良く働く。さらには性格も悪く、実に疑《うたぐ》り深い。おまけに粘着質だ。町方の同心にはもっとも相応しい人格の持ち主だと言えなくもない。

「最初にお骸を見つけたのは誰でぇ」

親方はモジモジと煮え切らぬ口調と顔つきで答えた。

「そ、それが……」

親方がチラリと目を向けた先には、瀟洒《しょうしゃ》な衣装を身につけた、いかにも金満家という風情の若旦那が立っていた。

この時ばかりは村田銕三郎も、人目を気にする余裕もなくしてアングリと、大口を開けて驚いてしまった。

「手前《てめ》ェ、ハチマキじゃねぇか!」

卯之吉は面映《おもはゆ》そうに微笑して頭を下げた。

「おはようございます」

「おはようございます、じゃねぇ!」

親方は村田と若旦那の顔を交互に見た。

「あのぅ、あちらの旦那が同心様だというのは、本当に本当の話なんで?」

卯之吉はちゃんと身分を名乗ったのだが、半信半疑だったのであろう。放蕩者の姿があまりにも板についている。町奉行所の同心だと名乗られても納得できない。

　村田は親方の問いかけなど無視して、卯之吉に駆け寄ってその袖を引いた。

「手前ェ、なんだってそんな格好をしていやがる」

「ハァ、これはそのう、市中の見廻りなのでして」

　村田が強面《こわもて》の顔をグイグイと近づけてくる。卯之吉ほどの呑気者であるから平然としていられる。平然と悪気のない顔をしているので、村田としても妙な気後れを感じ、強く問い質《ただ》すことができない。

「見廻りだァ？　それにしちゃあ酒臭《くせ》ェぞ」

「はぁ、寒さしのぎと景気づけに、少々」

「手前ェ、見廻りにかこつけて、町中の飲み屋を梯子《はしご》して、同心風を吹かせてタダ酒にありついている――なんてぇんじゃねぇだろうな」

　それは村田の日頃の所業である。『蟹はおのれの甲羅に似せて穴を掘る』という譬《たと》えがあるが、常日頃自分がやっている悪徳を他の者もしているのではないかと疑ったのだ。

「滅相もございません」

　卯之吉とすれば、まことにもって滅相もない話だ。卯之吉にとって「酒を飲む」とは、幇間や芸人、芸者や花魁《おいらん》に金をばらまくことと同義である。ただで酒を飲む、という行為が有り得るのだとも思っていない。

「ふん、まぁいい」

村田は追及を引っ込めた。どっちにしても、死体を最初に見つけたことは確かなのだ。それなりにまっとうに見廻りもしていたのだろう、と納得——ではない、誤解をした。

「死体を無闇に動かしちゃいねぇだろうな」

「いえ、まったく」

「財布を抜き取ったり、金目の証拠品を懐に入れたりしていないだろうな」

とんでもない話だが、そういう悪徳役人がいるのも事実なのである。もっとも卯之吉の場合、貧乏人の死体から財布を抜き取るはずもない。逆に、供養料などの金を忍ばせることは、あるかもしれない。

と、その時。

「おとっつぁん！」

若い娘の可憐《かれん》な叫び声が聞こえた。やじ馬の人垣の外で騒ぎが起きている。奉行所の小者が人垣をかき分けて娘を通してやった。娘の背後には、町役人《ちょうやくにん》らしい老人が従っていた。

「おとっつぁん！」

娘は丸下駄を鳴らして掘割の石垣の階段を駆け降りると、死体の傍にやってきた。死体を一目見るなり「ヒイッ！」と悲鳴をあげて顔を覆い、町役人の胸に飛び込んだ。

「誰でぃ」

村田銕三郎は町役人の老人に鋭い目を向けて訊ねた。

老人は一礼して答えた。

「はい、手前は長岡町を差配いたしております月行事《がちぎようじ》の庄助《しようすけ》と申します。これは町内で八百屋を営む太吉さんの娘で、直と申します」

「ということは、このお骸は太吉っていう八百屋かい」

庄助は痛ましそうに顔をしかめながら頷いた。

「ま、間違いございません」

同時にお直が号泣しはじめた。火がついたように泣きわめいている。

村田としても、こういう愁嘆場は苦手だ。

「ようし、わかったから、娘をちっとばかし離しておいてくれ」

検屍《けんし》をしなければならない。身内に見せるにはあまりに無残な死体であった。町役人は娘の肩を抱き寄せて、何事か言い聞かせながらその場を離れた。さすがの村田も痛ましそうに娘の背中を見送った。物見高いやじ馬たちもこの時ばかりは気の毒そうな顔をした。

「さて」

と、村田が振り返ると、

「あっ、ハチマキ、手前ェ、誰に断りを入れて！」

すでに死体の横には卯之吉が屈み込んで、はだけられた死体の傷口を繁々と覗きこんでいたのだ。物珍しいカラクリ細工でも眺めているかのような顔つきをしている。興味津々とはこのことだ。

村田はいつでもどこでも気短な性格で、この時もカッと頭に血を昇らせた。卯之吉の身分はまだ見習い同心なのである。それが筆頭同心たる自分を差し置いて、先に検屍を始めるとは何事か。

「やい、ハチマキ！　手前ェ」

野獣のように鼻息も荒く、目を怒らせて迫っていくと、卯之吉がフッと顔を上げて見つめ返してきた。

「村田さん、これ」

卯之吉が手にした木の枝で、死体の袖口を指し示した。

「やけに血がついているとは思いませんか」

「な、なんだよ」

卯之吉の落ち着きはらった物腰に飲まれたようになって、村田はつい、卯之吉の示す袖口に目を向けてしまった。

確かに、血を大量に吸っている。刺された胸からの出血がかかったのとは違うようだ。

卯之吉は、ガビガビに血の固まった袖を苦労して捲《めく》った。そして「ああ、やっぱり」と呟いた。

死んだ男は右腕の内側を深く切られていた。切り口が捲れあがっている。

「ということは……」

卯之吉は、何事かブッブッと呟きながら立ち上がり、周囲の草むらを徘徊し、背の高い草をかき回し始めた。

村田は呆然《ぼうぜん》として見送る。村田ばかりではない。番屋の親方や奉行所の小者たち、地元の岡っ引き連中も目を丸くさせて見守った。

卯之吉が突然にしゃがみ込んだ。

「あ、あった！」

村田は眉間に皺を寄せた。

「何がみつかったんだぃ」

「これですよ、村田さん」

卯之吉は指先で何かを摘《つま》んで草むらの中から引っ張り出した。指先にぶら下がったそれは、古びた匕首であった。

卯之吉は匕首を摘んだまま戻ってきた。

「この匕首は、このお人が握っていた物に間違いありませんね」

村田と親方は思わず視線を合わせてしまった。

「どういうことですね、旦那」

親方が訊ねる。四十がらみの古株だが、どうして卯之吉が狙い違《たが》わず匕首を見つけ出したのかがわからない。

卯之吉はニコニコと微笑んだ。

「このお人は匕首を握って、こう、相手を刺そうとしたのでしょう。で、相手としては、刺されては堪《たま》らないから、手にした刃物で、まず、このお人の手首を斬り払った。――この腕の内側の傷は、そうやって、最初にできたものです。そして、腕の腱《けん》を切られたこのお人は、匕首を握っていられなくなったので放り出した。これがその匕首です」

親方は、感心しきりの様子でため息を洩らした。

「お見かけしねぇ旦那だが、いやぁ、たいした眼力だ」

「いやぁ、あたしは……」

卯之吉は褒められるのに弱い。色白の顔を真っ赤に染めた。

卯之吉はかつて、蘭方医を志したことがあった。江戸で指折りの名医と評判の松井春峰《まついしゅんぽう》の直弟子だったのだ。もちろん、金の力で医塾に潜り込んだのである。

松井春峰の診療所には、真剣勝負で怪我を負った剣客だの、長ドスで腹をえぐられた博徒だのがしょっちゅう運び込まれてきた。蘭方医のもっとも得意とする分野は外科手術である。春峰も一種の変人であり、刀傷の治療は望むところの大歓迎、こちらからお願いしたいぐらいの話で、施術代金も安くしてあった。

剣客やヤクザ者の間にもその事実は知れ渡っていて、何かといえば、松井春峰を頼ってきたのだ。

そんな有り様を診療所の端のほうから眺めていたので、卯之吉も金瘡《きんそう》の見立てにはちょっとばかり自信がある。刀傷を見れば、どういう状況でできた傷なのかを推察することができたのだ。

皆の関心が卯之吉に向けられているので、村田としては面白くない。こういう時の村田はまるで子供である。

「やい、その匕首を見せてみねぇ」

刃物なのに乱暴に奪い取った。下手をすれば村田の指が落ちるところだ。

村田は険しい目つきで凝視した。

「……だいぶ使い込んでいやがるな」

白木の握りが黒光りしている。

「古い手脂《てあぶら》だ。少なくとも五年は前ェ《め》のもんだぜ。しかも最近は触ってもいなかったと見える」

若い卯之吉に張り合うようにして、推理を働かせる。

「おい、さっきの町役人を呼んできな」

小者が走って町役人を連れてきた。

「おいお前ぇ。ええと、名前は」

「庄助さんですよ」

脇から卯之吉に嘴《くちばし》をはさまれて、村田はますます顔色を悪くさせた。

「おおそうだ、庄助だ。お前ぇに聞きてぇことがある。この男は八百屋だと言ったが、いつから八百屋をやっている？」

「はい、手前の差配する町で、十二年ほど前から……」

「なんだと？」

当てがはずれた。五年ほど前から急に八百屋を始めたのだと思ったのだが。

男の人となりを訊ねると、これが非の打ち所がない善良な人物で、なんと長屋の大家まで任されていたという。

「チッ、見習いの見立てはやっぱり当てにならねぇなぁ」

村田は卯之吉に八つ当たりをした。

「どういうことでしょう」

「貧乏長屋の、面倒みの良い大家が、どうして使い込んだ匕首なんか握っているんだよ。こいつぁ殺した側が捨てていったもんに違《ちげ》ぇねぇ」

「そうですか。なるほど」

卯之吉は特に逆らいもせずに頷いた。

村田としては、張り合いがなくてつまらない。ムキになって言い返してきたら、さんざんにやり込めてやろうと思っていたのに、またしても当てが外れてしまった。

「お前ぇはもういい。今日は非番だろ。とっとと帰《け》ぇれ」

「はい。それではあたしはこれで」

抗《あらが》いもせず、我意を張るでもなく、卯之吉は腰を折って一礼すると、銀八を引き連れて帰っていった。

卯之吉の背中を親方が、惚れ惚れとした顔つきで見送っている。

「たいした御方ですなぁ。あれはなんていう旦那で？」

村田は渋い顔つきで答えた。

「八巻のとっつぁんの後継ぎだよ」

「へぇ、あの偏屈ジジイの――あ、いや、こいつぁ口が滑《すべ》りやした」

「構わねぇよ。みんなそう思ってる」

「しかし、八巻の旦那の息子さんとは思えねぇ男っ振りですなぁ。三座のお役者にだってあれほどの色男は滅多にいやせんぜ」

「息子じゃねぇ。遠縁の者らしいぜ」

「それにしても、てぇした眼力だ」

「なんだよ」

村田は親方を睨み付けた。

「手前ェはハチマキの見立てに賛成か？　この匕首が、長屋の大家の持ち物だってのか」

「いえ、けっしてそのような」

村田はフンと鼻を鳴らした。

第二章　夜霧ノ治郎兵衛

一

「やぁ、五年ぶりの江戸やなぁ」

駕籠《かご》に乗った五十がらみの男が、のんびりとした口調で呟《つぶや》いた。

目鼻だちには凹凸が少なく、一重まぶたの、はんなりとした顔つきである。髷《まげ》を丁寧《ていねい》に梳《す》いたうえに大黒頭巾《だいこくずきん》を被っている。被布《ひふ》（外套）を着けた旅姿で、一目で大層なお大尽様だと見て取れた。着ている物の生地や仕立てが高級だし、表情にも気品と自信が満ちあふれている。

微笑まじりに周囲の風景を眺めている。町駕籠は左右の垂《た》れをつけてはいけない規定になっている。左右が素通しなので外がよく見える。もっとも、乗っている者の姿も外部から丸見えだ。

この男、大坂の豪商、草津屋《くさつや》治郎兵衛である。草津は琵琶湖《びわこ》の南の宿場町である。大坂の商人は近江《おうみ》出身の者が多い。治郎兵衛は草津宿の出身であった。

上方《かみがた》から東海道を下ってきた旅人は、高輪《たかなわ》の大木戸から江戸に入る。左右から街道に張り出している石垣が大木戸で、木戸と言いつつも扉はない。

そもそもこの石垣はなんなのか、と、治郎兵衛はいつも不思議に思う。

（石垣があるのに、どうして城門がないんやろか）

普通、石垣の土台を作ったら、そのうえに櫓《やぐら》を建てて木製の扉で塞ぐはずだ。大木戸というからには城門のつもりなのだろう。幕府の規定としては。

しかし旅人は素通りだ。旅人なら無害だが、敵の大軍が押し寄せてきたらどうやって防ぐつもりなのか。

扉が無いといえば、市中の木戸にも扉がない。これまた不思議だ。木戸番がいるのに木戸がないとはどういうことか。木戸の蝶番《ちょうばん》をつけるつもりであったらしい二本の柱が、道の両脇に立っているだけなのである。

（東夷《あずまえびす》どもの考えることは、ようわからん。間が抜けとる）

しかし、と、治郎兵衛はほくそ笑んだ。

（その間抜けどものお陰でこっちは商売繁盛や）

駕籠の後ろには旅姿の番頭と、手代ふうの男が従っている。主人である治郎兵衛のお供をしてきた、という格好だ。

エッホエッホと掛け声とともに駕籠は進む。高札場《こうさつば》の前を通って江戸の中心部に向かった。

「……あいつは」

大木戸を駕籠で抜けた治郎兵衛に気づいて、ハッと顔色を変えた者がいた。

露天の甘酒売り、与八郎《よはちろう》である。寒い季節には甘酒を売り、夏場には砂糖入りの冷や水を売っている。

遊び人崩れで、商売もやる気があるんだかないんだか、店は出しているものの客引きもせず、一日中ぼんやりと道端に座って煙管を燻《くゆ》らせつつ、道行く人を眺めている。無口で愛想も悪く、露天商仲間からも毛嫌いされているような男なのだが、実は、この商売っ気のなさも、付き合いの悪さも、与八郎なりの理由があってのことなのである。

実は、与八郎は町奉行所の密偵だったのだ。

数年前、一人で盗みを働いている時に捕まった。本来なら死罪や遠島は間違いのないところだったのだが、裏稼業の者たちを良く見識《みし》っていることに目をつけられて、仕置きを減じられることと引き換えに、町奉行所に引きこまれたのだ。

それ以来、忠実に密偵として働いている。昔の仲間を役人に売るわけだが、元元好きで盗人になったわけでもない。食うや食わずの貧乏人だから、いたしかたなく犯罪に手を染めていたのだ。

町奉行所に転んだお陰で捕まる心配はなくなった。おまけにお手当で生活できるのだから御の字だ、などと考えている。

その与八郎が、駕籠に乗った豪商の横顔を一瞥《いちべつ》するなり、総身に緊張を走らせた。

「あいつは、夜霧ノ治郎兵衛だ」

数年前、江戸で数々の盗み働きを成功させた怪盗である。盗賊界の大物だ。盗み出した総額は、噂では一万両にものぼると聞く。しかも、それほどの大金を盗んでおきながらいまだにお縄にかけられていない。

「夜霧が江戸に帰ってきやがった……」

これはただでは済まされない。与八郎は商売道具を置き捨てて駆け出した。

与八郎はまず、問屋場《といやば》に向かった。東海道を旅する人々に馬や人足を手配する宿場役人たちが詰めている。役人といっても町人階層なのだが、道中奉行配下の歴《れっき》とした公人である。

与八郎の任務については、問屋場の少数の手代だけが知っている。与八郎は見知った手代に近寄って耳打ちした。

「たった今、夜霧ノ治郎兵衛が通って、江戸に入りやした」

手代は、事態の容易ならぬことをすぐに察してわずかに眉を動かした。

与八郎は早口で続ける。

「俺は野郎の後を尾《つ》けやす。町奉行所に知らせてくだせぇ」

そう言い残すと身を翻《ひるがえ》して駕籠を追った。


与八郎は夜霧ノ治郎兵衛を追い続けた。治郎兵衛を乗せた駕籠は金杉橋《かなすぎばし》を渡って浜松町《はままつちょう》に入った。徳川家の菩提寺《ぼだいじ》、増上寺《ぞうじょうじ》の大伽藍を左手に見ながら北上する。

(いってぇ、どこまで行くつもりだぃ)

このまま進めば新橋だ。新橋、京橋、日本橋にかけての一帯は、江戸でも有数の町人地。豪商や草分け町人たちが軒を並べる繁華街である。

（盗賊ずれが、おいそれと踏み込める場所じゃねぇはずだが）

夜霧の一党が襲った商家もある。大胆不敵である。

盗賊たちはそれぞれ各所に拠点を築いている。隠れ家だ。普段は何食わぬ顔つきで生活しながら、押し込む商家を物色するのだ。

（まさか、夜霧ノ治郎兵衛め、お江戸のまん真ん中に隠れ家を作っているんじゃねぇだろうな……）

夜霧の一党の隠れ家を突き止めることができれば大手柄だ。与八郎はゾクゾクと身を震わせた。

この仕事は自分の性に合っている、と与八郎は思っている。緊張感が堪《たま》らない。恐怖に身を震わせながら、さらにその恐怖の中心に踏み込んでいく。野放図に行動したら、すぐに悪党どもに露顕《ろけん》して殺される。細心の注意を払わなければならない。

そして見事、悪党どもの尻尾《しっぽ》を摑《つか》んだ時の達成感！　その喜びがあればこそ、こんなに危険な仕事に従事できるのだ。

治郎兵衛の駕籠はいよいよ日本橋の目抜き通りに差しかかった。上方から旅してきたのであろう治郎兵衛にとっては、日本橋は東海道の終点である。

しかしまさか、ただの旅人ではないのであるから、わざわざ見物のために日本橋を訪れたわけではあるまい。

（さすがは夜霧のお頭だぜ。日本橋に隠れ家を作っていたとはなァ）

町奉行所をさんざんに翻弄《ほんろう》した大物だけのことはある。やることが大胆だ。

駕籠は脇道に逸《そ》れた。小商いをする店の建ち並ぶ一角に入った。

「ちょいと、お前さん」

その時、横合いから突然、女に声をかけられた。目を向けると甘味屋であろうか、店の障子戸が開いているのが見えた。暖簾《のれん》の下の店内が薄暗い。

はたと足を止めた与八郎の喉元に、ヌウッと大きな腕が伸びてきた。

「……グフッ！」

喉仏を鷲摑《わしづか》みにされ、店の中に引きずり込まれる。恐ろしい剛力だ。与八郎の足が浮き上がった。

明るい陽差しに慣れた目では、暗い店内はよく見えない。が、半身になって艶《えん》笑《しょう》する妖艶《ようえん》な美女と、漆黒《しっこく》の着物を着けた大柄な浪人者の顔だけが見えた。

造りが大きい髭面が目の前にある。猪に似ている。与八郎の喉頸《のどくび》を握っているのはこの大男であった。

与八郎は恐怖に震え、叫び声を張りあげようとした。だが、気管はすでに浪人の握力で握り潰されていた。

浪人者の指にさらに力が入る。与八郎の顔面が真っ赤になり、ついで真っ青になった。大きく見開かれた瞼からは眼球が飛び出しそうだ。

ゴキッと不気味な音が響いた。ついに頸骨《けいこつ》がへし折られたのだ。与八郎は首を握り締められたまま、四肢をつっぱらせて痙攣《けいれん》した。浪人者が手を離すと、糸の切れた木偶《でく》人形のようにその場に崩れ倒れた。

女が顎で漬物樽を示す。浪人者は与八郎の身体を乱暴に樽の中に押し込んで蓋《ふた》をした。

夜霧ノ治郎兵衛を乗せた駕籠は、日本橋通りから一本東に入った平松町《ひらまつちょう》の商家の前で止まった。軒の看板には讃岐屋《さぬきや》とある。墨を扱う店のようだ。

治郎兵衛は駕籠を降りた。駕籠の後ろについていた手代ふうの男が駕籠かきに金を払う。治郎兵衛は雅《みやび》やかな容貌を綻《ほころ》ばせて、「酒手を弾んであげなさい」と命じた。

駕籠かき二人は礼を述べて帰っていった。治郎兵衛は悠揚《ゆうよう》迫らぬ態度で、讃岐屋の暖簾をくぐった。

商売っ気のない店内には客もおらず、売り物が墨ときているから、いよいよって陰気に見えた。奥の暖簾をかき分けて、縞の着物に紺の前掛けを付けた男が出てきた。

「これは、草津屋の旦那様。お早いお着きで」

「あい。世話になりまっせ」

夜霧ノ治郎兵衛は草津屋治郎兵衛に成りきっている。讃岐屋の使用人ふうの男が出てきてぬるま湯の入った桶を据えた。歳の頃は二十ほどであろうか。まだ少年の面影を残している。治郎兵衛の草鞋《わらじ》を解き、足袋《たび》を脱がすと丁寧《ていねい》に足の汚れを洗いはじめた。

「お頭、お久しぶりです」

「伸吉《しんきち》か。すっかり商家の奉公人、という顔つきやな」

「錠前破りの腕のほうも、たゆまず磨いておりますので、ご安心くだせぇ」

「それは心強いことや」

足を拭ってもらい、治郎兵衛は讃岐屋に揚《あ》がりこんだ。治郎兵衛に従ってきた番頭と手代も、それぞれに足を洗っている。

「伝五郎《でんごろう》兄ぃ、お元気そうで」

仲吉が、番頭ふうの男に向かって挨拶した。男は悪党然とした口調で応えた。

「おう。お前《め》ぇも達者でなによりだぜ」

「源助《げんすけ》兄ぃも」

「おう。お互いお縄にはかからんかったな。有り難いこっちゃ」

手代ふうの男がニヤリと笑った。

上方に逃れた者と江戸に残った者、夜霧の一党の久しぶりの再会だ。冷酷な悪党たちでもついつい口元が綻んでしまう。

一同は讃岐屋の二階座敷に向かった。

二階座敷には一党の小者たちが息をひそめつつ集まっていた。総勢で十数名。

座敷の一番奥に頭目の治郎兵衛が座り、脇に讃岐屋の主人――その実体は小頭の忠蔵《ちゆうぞう》が座った。幹部級の伝五郎と源助は、お頭と小者たちとの間に座り、仲吉は小者たちに混じって座る。

治郎兵衛は煙管を咥《くわ》えて一服つけながら、下座の向こうに視線を投げた。

「佐久田《さくた》はんはどないしたんや」

伝五郎がちょっと頭を下げて答えた。

「へい。密偵らしい者が尾けておりましたので、お峰《みね》の店で始末してくれるように頼みました」

「そうかえ。高輪の大木戸から尾けてきた男やな。佐久田はんのことや。あんじょう始末してくれたやろ」

「はい。間もなく、お峰ともども顔を出そうか、と」

そう言っているうちに佐久田がうっそりと現われた。月代《さかやき》を伸ばし、頬が無精髭に覆われている。猪に似た顔つきで目つきも悪い。おまけにやたらと背が高く、首を竦《すく》めなければ鴨居をくぐることもできない。悪党の仲間にするには心強いが、普通の生活ではお近づきにはなりたくない凶暴な雰囲気を漂わせていた。

「始末してきた」

一党の中では客分の待遇を受けている。柱を背にしてドッカと座ると、お頭の前でも憚《はばか》りなく大胡座《あぐら》をかいて柱にもたれた。

不作法極まる態度だが、だれも窘《たしな》めることができない。うっかり意見などしようものなら腰の刀が一閃《いっせん》され、たちまちのうちに首を撥《は》ね飛ばされてしまうからだ。

続いて艶《なまめ》かしく腰をくねらせながらお峰が入ってきた。

「あら、御一同さま、お揃いで」

しれっとした顔つきで佐久田の脇に座る。この類の女狐はお頭の女であること
が多いのだが、お峰は男嫌いで通っている。色香漂う臀部《でんぶ》などにうっかり手など
伸ばそうものなら、銀の簪《かんざし》で手のひらを貫通させられてしまうのだ。

佐久田とお峰は、どういうきっかけで知り合ったのかはわからないが、いつも
一緒に行動している。二人で一組の殺し屋だった。

「あとは、ムササビの太吉と蛇ノ平三だな」

二人が顔を出せば、夜霧の一党の総勢が揃う。

すると、小頭の忠蔵が沈鬱《ちんうつ》に顔をしかめさせながら口を開いた。

「お頭、実は……」

太吉が何者かに殺されたことが忠蔵の口から告げられた。

「なんやて！」

治郎兵衛の顔つきも一変した。五年ぶりに顔を揃えた手下たちにそれぞれ愛想
よく接していたのに、その顔つきが夜叉《やしゃ》のように険しくなる。

「いったい、誰にやられたんや！」

忠蔵は、自分が手にかけたわけでもないのに額に汗を滲《にじ》ませた。治郎兵衛の怒りはそれほど凄《すさ》まじく、いまにも八つ当たりの一太刀を打ち込まれそうな気がしたからだ。

「そ、それが……、太吉さんの亡骸《なきがら》を見つけたのが奉行所の見廻り役だったらしく、すぐに町方がやってきて、手前どもでは確かめようもなく……」

「おんどれッ！　この治郎兵衛が江戸に下ってくると知ったうえで、太吉を殺《や》ったっちゅうんかい！」

「いや、それが……。太吉さんはその日、家賃の掛け取りで懐が膨らんでいたらしいので、それを目当ての強盗かもしれないと……」

「そないな話、誰が信じるっちゅうんじゃい！」

「いえ、町奉行所ではそのように見ている、という話なのでして」

そこへ夜霧の一党最後の一人、蛇ノ平三が入ってきた。気障りな微笑を浮かべつつ、折り目正しく挨拶した。

「お頭、平三でごぜぇやす。お懐かしゅうございます」

「おう、平三。聞いたか、ムササビの太吉がナニモンかに……」

「へい。あっしはお頭の言いつけ通り、甲州街道筋に身を潜めておりやしたんで、江戸に入ったのは昨日のことでござんす。太吉のとっつぁんが死んだと聞かされた時には、あっしも……」

平三は「ウッ」と言葉を詰まらせた。

「そうやろな。一番悔しいのは平三や。お前は太吉のことを、実の父親みたいに慕っとったからな」

「へい。悲しくてなりやせん……。とっつぁんの敵《かたき》は、あっしがこの手で必ず」

嘘泣きをしているうちに、本気の涙まで流してみせる平三なのである。治郎兵衛も忠蔵も、痛ましそうに平三を見守った。

「よし、そうやな。太吉を殺したド腐れ野郎の始末は、平三に任せるとしようや。平三、お前、必ず敵を見つけだすんやで」

「へい。必ずやりとげてみせやす。ありがとうございやす」

再会を祝すはずだったのに、一転、太吉を忍ぶ集まりになってしまった。皆々沈鬱な顔つきで黙り込んでいる。

（幸先がようないで……）

治郎兵衛は顔を顰《しか》めさせた。

江戸に出てきたのはこれからの人生について、大きな賭けに打って出るためだ。それなのに出端《でばな》を挫《くじ》かれてしまった。そんな思いだ。

（なんの、負けてたまるかい）

背筋を伸ばし直す。ここまで来たからにはあとには引けない。大坂で表稼業の商いをしながら、着々と手を打ってきた。あとはこのお江戸で仕上げをするばかりなのだ。

（景気のつけ直しや。吉原にでも繰り出さんか）

こんな時はパーッと遊んで憂《う》さ晴らしをするに限る。

（そやけど、東夷どもの遊びみたいに、騒々しいのはようないで）

上方は和事《わごと》の本場である。男と女の情もはんなりとしている。

治郎兵衛は女好きだが、やはり女は上方者に限ると思っている。京の島原の女などは絶品だ。江戸の吉原の遊女など足元にも及ばない。所詮《しょせん》東国の女など、田圃《たんぼ》の泥水を浴びて育った田舎者なのだ。

江戸は武士と出稼ぎ農民が作った町でしかない。王朝の伝統文化に彩られ、豪商たちが金に飽かせて造り上げた上方の雅《みやび》にはとうてい及ばない。

五年前、夜霧の一党を率いて暗躍していた頃、治郎兵衛は大坂の草津屋の主人に扮して、吉原の大門《おおもん》を何度もくぐった。

(自分で言うのもなんやが、えらいモテよったもんやで……)

思わず目尻が下がってしまう。

上方の粋を身につけた治郎兵衛は、無粋な東夷とは一味も二味も違っていたのであろう。吉原の遊女は教養が深い、などと言われているが、上方の粋や芸事を身につけた治郎兵衛の目から見れば野暮の極み。池の泥の中で蠢《うごめ》く泥鰌《どじょう》や鮒《ふな》も同然の女たちであった。まさに泥臭いのである。

治郎兵衛のほうが逆に、雅とはなんなのか、男女の綾とはなんなのかを教えてやっていたようなものであった。

遊女たちは治郎兵衛の洗練された物腰と、上方文化の気品に触れてウットリと、身も心も蕩《とろ》けきっていたような按配《あんばい》であったのだ。

——と、いうのが治郎兵衛の主観である。

二

治郎兵衛は配下の者どもを睥睨《へいげい》した。

「これからの、我ら一党の身の振り方やが……」

一同が身を乗り出してくる。特に平三が両目を爛々《らんらん》と輝かせた。

「五年前《め》ェの分け前を頂戴できるんで？」

「まぁ、そう急《せ》くなや」

これだから江戸者は、と治郎兵衛は内心で呆《あき》れ果てた。金は、大金として纏《まと》まってあるところに力がある。小分けにしてしまったら、そんなものはただの端金《はしたがね》だ。特にこの者どもに配ったりしたら、たちまちのうちに博打や女郎買いで使い果たしてしまうであろう。

（わいも女は好きやけどな、女に金を使うんやなくて、女に貢がせるほうや）

などと治郎兵衛は内心で嘯《うそぶ》いた。

「あの一万両については、確かに、お前たちに分けるでぇ。この草津屋治郎兵衛、嘘をつくことはない。わいは大坂の商人や。信用が第一やからな」

「へい」

「そやけど、その前にやっておかねばならんことがあるんや」

手下どもは互いに視線を交わしあった。愚かな者どもには、治郎兵衛の深慮遠《しんりよえん》謀《ぼう》はまったく理解できないらしい。

（ま、無理もないで。『燕雀《えんじやく》安《いずく》んぞ鴻鵠《こうこく》の志を知らんや』とはこのことや）

小頭の忠蔵までもが訝《いぶか》しげに治郎兵衛の顔を覗きこんできた。

「それは、どのようなことでしょう」

「うん。忠蔵には、知らせといたほうがいいかもしれん。ちょうどいい。河岸《かし》を変えて話し合おうやないか」

「へい」

不得要領という顔つきで、忠蔵は低頭した。

「ほな、後の事はわいと忠蔵に任せて、お前たちはあとしばらくの間、おとなしゅうしときや」

言うだけ言うと、治郎兵衛は腰を上げて、奥の座敷に引っ込んでしまった。一同の者たちは深々と拝跪《はいき》して見送った。

(やはり、分け前を渡さねぇつもりか……)

顔を伏せたまま、平三はキリキリと歯を嚙み鳴らした。

治郎兵衛と忠蔵は、伸吉の操る猪牙舟《ちょきぶね》に乗って山谷堀《さんやぼり》を目指した。

季節はそろそろ初冬である。日は短くなっている。すでにあたりは薄暗い。堀端の家々に明かりが灯りはじめている。橙色の火影が掘割の水面で揺れていた。

「太吉のことやけどな」

治郎兵衛は舳先《へさき》のほうを向いたまま、忠蔵に声をかけた。

「へい」

「殺ったのは誰やろか」

「それは、あっしにも……」

「わいらが盗んだ一万両を預かっとったのは太吉や。それを知っとる者《もん》が、わいが江戸に到着するより前に、横取りしようと思ったんやないやろか」

「し、しかし、一万両の隠し場所を知っておる者は一党の中にもごく僅《わず》か……、あっ」

「どないしたんや」

「ま、まさか、お頭はあっしのことを疑って……」

治郎兵衛はカラカラと笑った。

「それこそ『まさか』やで。お前を疑っておったら、こうして同じ舟に乗るわけがないやろ」

「はぁ」

「いずれにせよ、用心せなあかん。あの一万両が今のわいにはなにより大切なものなのや」

「それは？　どうして」

「あのな、忠蔵。わいは大坂で、掛屋《かけや》をやろう、思うとるんや」

掛屋とは、江戸における札差のようなものである。大坂には天下の米問屋がある。諸藩の蔵屋敷が建ち並び、米の売り買いが連日繰り広げられていた。その米と金の出納を担当する商人が掛屋である。諸藩の御用達商人であり、中には士分に取り立てられるものもいるという。大坂の商人にとっては、もっとも名誉な業種であった。

「か、掛屋ですかい！　それは……」

驚愕《きょうがく》しきって目と口を大きく開けた忠蔵の顔を、治郎兵衛がニヤリと微笑んで見つめ返した。

「無理やと思うやろ」

「それは……、はい、無理でしょう」

掛屋になるにはまず、掛屋の組合に入らなければならない。それには掛屋の株（事業免許）が必要だ。

掛屋や札差は、動かす金額が大きいだけに、業務をしくじるとすぐに倒産する。年に一軒は店が潰れるという、意外に出入りの激しい業種だ。であるから、株も折々売りに出されるのであるが、しかし、掛屋の株ともなると相当以上の金額を出さないと入手できない。おいそれと購入できるものではないのである。

「ところがな、わいにはあの金があるのや。盗み貯めた一万両や」

「アッ」と忠蔵は絶句した。

「では、お頭はあの金で、掛屋の株を購入しようと……」

「そういうことや」

「しかし、手下の者どもにはなんと言い聞かせます？　あの者どもは、分け前にありつけると思って江戸に集まってきたんですぜ」

「阿呆《あほ》やな。わしが掛屋になれば、あの者どもには毎月毎月、なんぼでも、小遣い銭を渡してやれるがな。一万両を分けてしまえば一回こっきりや。どっちが得か、ちょっと考えればわかるやろ」

「しかし、それであの者どもが納得するかどうか……」

「納得させるんや。それが小頭の仕事やろうが」

忠蔵は青い顔をして口をつぐんだ。

夜霧の一党の者どもは、皆、凶暴な悪党揃いだ。納得させることができなかったら、こっちが殺されかねない。

治郎兵衛は、もうその話は終わった、と言わんばかりに舳先《へさき》のほうを見つめている。遠くに明るい家並みが見える。不夜城、吉原だ。

三

治郎兵衛は吉原では、手引き茶屋の玉屋《たまや》に登楼することにしている。玉屋の主は治郎兵衛の顔を覚えていた。

「ああ、これは大坂の草津屋様」

「あい。五年ぶりに江戸に下って参りましたんや。そうしたら、玉屋さんのことが思い出されましてなぁ。早速にこうして足を運んだ、という次第ですわ」

「それはそれは、身に余るお言葉でございます」

玉屋の主人は慇懃《いんぎん》に頭を下げたが、顔には困惑を滲《にじ》ませていた。

「どうか、なさいましたんでっか」

「はぁ、……いえ。さぁ、どうぞどうぞ、お上がりくださいませ。いつもの御座敷をご用意いたします」

玉屋でもっとも格式の高い座敷が治郎兵衛の指定であった。治郎兵衛は階段を上がって、一番奥の二階座敷に陣取った。

「夕霧《ゆうぎり》太夫を呼んでいただけますかな」

腰を下ろすなり馴染みの太夫を指名した。手引き茶屋で指名されると店の若い衆が揚屋《あげや》に走る。そして揚屋から花魁《おいらん》が行列を作って、茶屋の座敷までやって来るのだ。

玉屋の主人は恵比寿様のような愛想笑いを浮かべた。

「夕霧太夫は、もう、年季が明けてしまいましたよ」

「ああ、そうか、そうやろうな」

なにしろ五年だ。五年も経てば吉原の遊女の顔ぶれもだいぶ変わっていることだろう。

こんな時、茶屋の主は『吉原細見』を持ってくる。吉原の遊女のカタログだ。しかし、玉屋の主人はちんまりと正座したまま、愛想笑いだけを浮かべている。治郎兵衛も、少しばかり訝しく思えてきた。

「……そうやなぁ、そしたら、評判の太夫を見繕って連れてきてくれまへんか」

「はぁ」

「玉屋さんのお眼鏡に適《かな》った太夫でよろしおまっせ」

引手茶屋のお任せコースである。だが、それでも主人は腰を上げない。

「それが、でございますな、今夜は少々、日が悪うございました」

「どういうこっちゃ」

「はぁ、花魁が、一人残らず出払っておりますもので」

「花魁が出払っているやて？」

「はぁ」

主人は恵比寿顔を固めたまま、困惑げに頷《うなず》いた。

「総仕舞いでございます」

その直後、通りに面した障子の外から、かまびすしい喧騒が聞こえてきた。数えきれないほどの三味線が一斉に掻《か》き鳴らされている。さらにはチャンチキチャンチキ、ドドンドンと、鉦《かね》や太鼓の音まで響いてきた。

「な、なんや」

治郎兵衛は驚いて窓辺に駆け寄り、障子を開け放った。欄干から身を乗り出して下の通りに目を向けた。

「こ、これは……」

華美に着飾った遊女たちが両手に雪洞《ぼんぼり》を持って踊っている。その数は二百名を超えていよう。その回りを三味線を手にした芸人たちが合奏しながら踊り狂っていた。さらには鉦叩きや太鼓打ちが連なった。延々と、騒々しい曲調を奏で続ける。遊女たちがそれに合わせて謡《うた》い踊る。

「なんや、これはッ」

いったいなんの祭りか。こんな騒動は見たことがない。女たちも芸人たちも、なにかにとり憑《つ》かれたような顔をしていた。華やかで、狂乱的で、もの悲しくもある。京や大坂ではけっして見られぬ風情であった。

乱痴気騒ぎの真ん中で、一人の男がクルクルとせわしなく舞っていた。夜目にも美しい顔だちだと見て取れる。遊女たちの雪洞に照らされながら仄《ほの》かに微笑み、細身で姿の良い身体をくねらせて、粋なんだか気色わるいんだか判断に困る踊りを延々と舞っていた。

装束は全身絹である。明かりに照らされた生地がヌメヌメと光り輝いている。それでいて下品に落ちないのは、羽織や小袖や帯の色使いが絶妙だからだ。そしてそれを着ている男が、なんとも優美な姿をしているからである。

十人並みの者が着れば、着物を着ているのではなく、着物に着られているように見えてしまう装束であろう。それを着こなすことができるのは、三座の看板役者のような超絶的な色男だけである。

「あ、あれはいったい……何者や！」

思わず目眩《めまい》を覚えながら訊ねると、主人は、なにやら微妙な顔つきで微笑んだ。

治郎兵衛は上方の粋人を誇り、江戸の者を軽蔑してやまぬ男だ。そしてその軽蔑を隠しもしない。客ながら実にいけ好かない男である。内心では主も、治郎兵衛の気位の高さを快く思っていなかったのであろう。

その治郎兵衛が啞然呆然《あぜんぼうぜん》としている。江戸の粋に圧倒されている。吉原の忘八《ぼうはち》としては「ザマアミロ」という気分であるのかも知れない。

「あの御方が三国屋の若旦那でございますよ」

「三国屋！」

治郎兵衛も掛屋を目指すぐらいであるから、江戸の札差業界のことも調べている。三国屋のことも強烈に意識していた。今はまったく歯が立たないが、いずれは取って代わってやろう、などと野望を逞《たくま》しくさせていたのである。

その三国屋の若旦那が、江戸一番の財力を見せつけている。治郎兵衛はおもわず歯を嚙み鳴らした。

若旦那の後ろでは、すっとぼけた顔つきの幇間が、なにやら大きな巾着《きんちゃく》の中に手を突っ込んでいた。

「それーっ」と掛け声とともに、摑んだ何かを頭上に投げあげると、それは黄金色の霞となって夜空に広がった。

「な、なんや？」

「砂金ですなぁ」

「砂金やて⁉」

幇間が砂金を撒《ま》きあげるたびにキラキラと黄金色の幕がたなびき広がる。その只中で遊女たちが舞い踊る。

「どうして砂金なんや」

「はぁ、以前は一朱金なんかを撒いておりましたが、それだと観客が拾いにきて収拾がつかなくなりますのでねぇ。……明日は通りの土をかき集めて笊《ざる》に入れて、お歯黒どぶでジャブジャブと砂金掬《すく》いですわ」

主人はカラカラと笑った。

三国屋の若旦那のあとに続いて、騎馬の若武者が乗り込んできた。

「う、馬が！」

吉原の大門には駕籠すら乗り入れることができない。馬など以ての外である。

そもそも江戸市中においては、大名も旗本も馬に跨《また》がることを許されていなかった。事故防止のためである。

それなのに、この若武者は堂々と馬をうたせている。

「本物の馬ではございませんので」

主人が目を細めた。馬に見えるのは作り物。芝居の馬足である。中には人が二人入っていて、張りぼての馬を担いでいるのだ。これなら幕府の法度《はっと》に触れない。ただの風流である。

もっとも馬具や鞍は本物だ。黄金や螺鈿細工《らでんざいく》を散りばめた、絢爛豪華《けんらんごうか》な大名道具であった。

その馬に跨がっている壮士がまた凄まじい。緋猩々《ひしょうじょう》の毛頭《けがしら》に錦の陣羽織。熊の皮を鞘に巻いた三尺もの長刀を腰に差している。

「あの御方様はとある大名家の御曹司様でございましてなぁ。本日は御藩祖様が御領地にお国入りをなさった吉日なのだそうで、それでこのように、吉原あげてのお祝いでございますよ」

御曹司の脇には朱漆の輦台《れんだい》に座った花魁が従っている。大名とその奥方様といった風情だ。大名の御曹司と花魁で、お国入りの道中を再現しているのであろう。そういう趣向の遊びなのだ。

「そ、そやけど、なんで大名なんかに、こない豪勢な蕩尽《とうじん》が……」

年貢米に依存する武士の経済はどこもかしこも窮乏している。大名家にこんな大盤振る舞いができるはずもないのである。

「ですから、三国屋の若旦那様がお足をもっておられますので」

「なんで札差が大名の肩を持つねん」

玉屋の主人はニンマリと微笑んだ。

「それが、吉原の遊びでございますから」

してやったり、という顔を向けられれば、その笑みにどういう意味が籠《こ》められているのか理解できない治郎兵衛ではない。「上方が日本の中心」と息巻いたところで、ここ数十年の間に時代の主役が江戸に移ってしまったのは否定できない。

治郎兵衛は荒々しく障子を閉めた。江戸者の遊興など見ていても面白いことなど何もない。

江戸の荒事に上方の和事などと人は言う。破天荒《はてんこう》で勇壮な江戸の文化と、雅やかで情に通じた上方の文化、という意味だ。治郎兵衛は江戸の荒事を生まれて初めて見せつけられた。確かにそれは魅惑的で、上方の粋人を自認する治郎兵衛の自意識を揺さぶるのに十分な光景であった。

なにより遊女が座敷にいない。皆、三国屋の若旦那に取られてしまった。遊女の中には呼ばれもしないのに推参で押しかけて、行列に混じって踊っている者までいるという。

「つまらんわ！」

遊里に来て、他人の遊びを見せつけられることほどつまらぬ話はない。治郎兵衛はイライラと莨《たばこ》を吸い、荒々しく灰吹きに煙管を打ちつけると、

「今日は帰らせてもらいますわ」

と言って立ち上がった。

外からはまだ、騒々しい騒ぎが聞こえてくる。治郎兵衛は唇を嚙んだ。

四

翌朝、いつものように同心たちが詰所でグダグダと無駄話——ではない、犯罪捜査の情報交換に励んでいると、そこへ鶴のように細長い首の、枯れ木のように痩せた男が背筋を伸ばして入ってきた。

南町奉行所内与力、沢田彦太郎である。内与力とは町奉行の官房兼、秘書官のような役目を負っている。三廻の同心は奉行直属ということになっているので内与力が実質的な上官であった。

同心たちは居住まいを正して平伏した。沢田は「うむ」と重々しげに頷《うなず》いた。

「大事な話じゃ。一同、心して聞け」

「はは」と再度頭を下げる同心たちを睥睨しながら沢田は続けた。

「江戸市中に放てし密偵よりの知らせが入った。夜霧ノ治郎兵衛が江戸に戻ってきたらしい」

密偵の与八郎は帰って来ない。殺されてしまったわけだが、問屋場《といやば》の手代を通じての一報は奉行所にしっかりと届けられていた。

「なんと!」

同心たちがどよめいて互いの顔を見合わせた。

夜霧ノ治郎兵衛一党は町奉行所にとって一種の敵《かたき》である。五年前にさんざん恥をかかされ、煮え湯を飲まされた相手であった。

四方八方に手を尽くして探索したが、治郎兵衛一味は狡猾《こうかつ》に立ち回り、奉行所が張った網を逃れた。結局、江戸を離れて上方に逃げたらしい。道中奉行の探索方からそのような情報が伝わってきた。

町奉行所の役人は江戸の外では強権を発動できない。江戸の外まで一味を追っていくこともできない。同心たちは歯ぎしりして悔しがったものである。

その治郎兵衛が江戸に戻ってきたという。否《いや》が応でも色めき立たずにはいられなかった。これは雪辱《せつじょく》の好機である。

さらに言えば、再び一味の暗躍を許し、犯行を重ねられるようなことになったとしたら、いよいよ町奉行所の面目が失われる。町奉行の進退問題にまで関わってくるだろう。

と、いうようなことを、渋い口調でクドクドと沢田彦太郎が告げた。同心一同としては言われるまでもない話である。沢田に長々と訓戒されている時間がもったいない。一刻も早く市中に飛び出したくて、貧乏ゆすりなどしたい気分だ。

「……という次第じゃ。一同、心して励んでくれ。お奉行の御期待を裏切らぬように頼むぞ」

同心一同が低頭する。沢田は詰所を出ていった。

沢田が去ると同時に同心たちは一斉に立ち上がってわめき散らしはじめた。

「野郎ッ、性懲りもなく江戸に戻ってきやがったか！」

「今度こそ必ずお縄にしてくれるッ」

五年前を知る同心たちが怒り心頭、壁に掛けられた刀と十手を掴み取ると、腰に差すのももどかしげに飛び出していく。

村田銕三郎などは言うまでもなく、腸《はらわた》を煮えくりかえらせ、頭に血を昇らせている。村田は実に執念深い。自分に恥をかかせた相手のことは死ぬまで忘れぬ――否、存分に復讐するまでは、忘れぬ男だ。夜霧ノ治郎兵衛などはもう、生涯の仇敵《きゅうてき》と言っても過言ではない。

五年前を知らない若手も事の重大さは理解している。同心の子は同心の組屋敷で育つ。隣近所に住んでいる大人たちは皆、町奉行所の同心とその家族たちだ。門前の小僧ではないが、習わずとも同心社会の事情に通じてしまう。また、そうでなければ町奉行所の同心のような、特殊な仕事は継承できない。

という次第で、若手の者たちも血相を変えて走り出ていく。先代の父に恥をかかせた相手に対する雪辱戦を企図していた。

一人、卯之吉だけが呆然と座り込んでいる。一斉に大勢が走り回ったせいで、詰所に埃が立っていた。卯之吉はケホケホと咳をした。

「あたしは何をしたらいいいんでしょうねぇ」

いつもなら、村田か、先輩同心の尾上伸平《おがみしんぺい》あたりが「あれをやれ、これをやれ」と命じてくる。さもなくば放置されたまま一日中、茶など喫して時間をつぶす。

「ま、あたしみたいな半人前が首を突っこんでも、お邪魔にしかならないでしょうからねぇ」

一人でボソボソと呟きながら、いまや指定席となった長火鉢の前に移動した。一人で茶を淹《い》れて悠然と喫する。身体が温まって、ホンワカとした気分になった。

と、そこへ、血相を変えたままの村田が駆け足で戻ってきた。

「やい、ハチマキ！」

「はいっ」

卯之吉は正座したまま飛び上がって、村田のほうを向いて座り直した。

「ハチマキ、お前ぇ《め》、長岡町の大家殺しの一件を引き継げ！」

「はい？」

あの殺しの取り調べは、村田が直々に扱っていたはずだ。ここのところ江戸は天下太平で、たいした事件も起こらなかった。久しぶりの殺しだというので張り切っていたはずなのだが。

「あんなもんは、ただの物取り強盗だ。手前《てめ》ェ程度で十分だ」

「はぁ、しかし、あたしはまだ見習い同心でございまして」

「んなこたぁわかってる。そもそもあのお骸《ろく》は手前ェが見つけたモンじゃねぇか。だったら手前ェで始末ぐれぇつけやがれ。わかったな！」

検屍《けんし》の現場から追い返したくせに、ずいぶんな物言いだ。とは言うものの、卯之吉は言い返すこともできない。相手は筆頭同心だということもあるし、そもそも卯之吉という男は、自分の意思を押し通そうとか、抗弁しようとか、そういう気迫がまったくない。風に流されるタンポポの綿毛のように、フラフラ、フワフワと生きてきた男だ。

卯之吉は、走り去る村田の背中を見送った。


「さぁて、困ったねぇ」

さして困った様子でもなく、卯之吉は青空に向かって嘯《うそぶ》いた。

背後には銀八が従っている。こちらも緊張感のかけらもない顔つきだ。当たり前である。銀八の職業は幇間。酒宴の座を取り持つ太鼓持ちが深刻な顔をしていたら勤まらない。

しかし、同心の後ろに従う者といえば、岡っ引きの親分だと相場が決まっている。一睨《ひとにら》みしただけで悪党どもを震え上がらせるような強面《こわもて》揃いだ。

銀八も、同心の後ろについて街を歩いているのであるから、傍目《はため》には、岡っ引きなのだろうか、と思われて当然である。しかし、見た目はふざけた幇間だ。髷も珍妙な形に結っているし、歩き方まで滑稽である。なんとも理解に苦しむ二人連れなのである。

卯之吉はしきりに困ったと連発しながら歩いている。長岡町の大家殺しを村田から引き継いだので、村田が書いた調べ書きなど読んでみた。いかにも村田らしい執拗《しつよう》な詮議で、おおよその概略は摑めたのだが、だからと言って、経験の皆無な見習い同心に扱えるヤマだとも思えない。

「まぁ、そんなことを言っていても仕方ないけどねぇ」

上役から命じられたら無理でも無茶でも引き受けるのが宮仕えだ。侍とはそういうものであるらしい。

卯之吉は頼りない足どりで長岡町に向かった。もちろん、銀八も一緒である。二人とも眠気を嚙み殺している。半分は眠ったような顔つきだ。無理もない話で、このところ毎晩のように吉原や深川で遊興三昧《ざんまい》を繰り返していたのだ。

しかし、事件の解決を任されたからには眠いなどとは言っていられない。

「ああ、あれが噂の貧乏長屋でげすよ」

雨漏り長屋などと蔑称されているだけのことはある。恐ろしいほどに荒廃しきったあばら屋であった。

江戸は火事の多い都市なので、長屋の家主はわざと安普請にして建てる。丈夫で太い柱や建材を吟味して、しっかりと建てても、どうせすぐに焼け落ちてしまうからだ。

しかしこの一帯は、どういう風の吹き回しか、火が回りにくい地形になっているらしい。余所《よそ》では見られぬ古い長屋が残っている。安普請で古くなっては堪らない。火事がなくとも勝手に梁《はり》など崩れてしまいそうな有り様だった。

「御免よ」

卯之吉は町の入り口にある番屋を覗いた。太吉の死体を見つけた日に出会った親方が差配する番屋とは違うようだ。

卯之吉は新入りの見習いで、町回りなどしたことはないが、巻羽織姿であるから見間違えられるはずがない。同心だと気づいた番太郎が、腰を低くして出てきた。

「あたしは南町の見習い同心の八巻卯之吉って者だけど」

「へェ、見習いの八巻様。……えっ、見習い？」

わざわざ見習いであると告げられた番太郎は、どう挨拶を返したら良いものか迷いに迷って目玉を白黒とさせた。

卯之吉は正直に名乗っただけなので、相手を困惑させたなどとはまったく思っていない。

「太吉さん殺しの吟味に来たよ。町役人様を呼んでもらえないかい」

江戸一番の札差の家に育った者から見ても、町役人は偉い。町人身分ながら、町奉行所の役人であると見做《みな》されている。であるから様をつけて呼んだのだが、同心が町役人に様をつけるのはおかしい。またしても番太郎は、目を丸くさせた。

卯之吉にすれば、番太郎の袖に金など差し入れなかっただけでも上出来である。番太郎はしきりに首を傾《かし》げながら、町役人を呼びに走った。

五

「こちらでございます」

あの時も殺しの現場にやって来ていた町役人の庄助が、貧乏長屋に通じる表《おもて》店《だな》の前に卯之吉を案内してくれた。

殺された太吉が営んでいた八百屋であるのだが、昼だというのに表戸が閉まっている。

「お直さん一人だけですからねぇ」

若い娘の細腕では青物市場に仕入れにも行けない。売り物がなくては店も開けられないのだ。

「長屋の家賃で細々とやってはいけるのでしょうけど……」

しかし差配するのは絵に描いたような貧乏長屋だ。家賃の滞納も多いであろう。娘の取り立てでは舐《な》められて、払ってもらえないかも知れない。貧乏人というものは世知辛い。気のいい貧乏人ばかりではないのだ。

庄助は店の前に立って表戸を叩いた。

「お直ちゃん、いるかえ？　お役人様がおみえになったよ」

すぐに潜り戸が開けられた。青い顔をした娘が顔を出す。オドオドと視線を卯之吉に向けてきて、コックリと頭を下げた。

（ずいぶんと窶《やつ》れたねぇ……）

父親に死なれてから、ろくにご飯も食べていないのであろう。なにも咽《のど》を通らないのに違いない。それに、夜中の独り寝も恐ろしい。どうして父親が殺されたのかもわからない、下手人も捕まらないままでは安眠できないだろう。

「まぁ、とにかく、上がらせてもらうよ」

卯之吉が声をかけると、お直は頷いて潜り戸の中に入った。

表戸の下ろされた店の中は薄暗い。売れ残りの古い野菜が放置されていて、すえた臭いまで放っていた。卯之吉は銀八に、戸を開けるように言いつけた。

戸が開けられて陽光が差し込み、空気も入れ換わって人の住いらしくなった。

お直はへっついの前に屈んで、しきりに火を熾《おこ》そうとしている。同心と町役人が家に来たのであるから、茶ぐらいは出さなければならない。

しかし、へっついの炭も湿りきっていた様子で、なかなか火が燃えあがらない。荒廃しきった生活ぶりが窺《うかが》えた。

「湯を沸かすのは銀八にやってもらおう。お直さん、こちらにおいでなさい。あなたと話がしたいのだから」

卯之吉に促されて、お直は居間にあがってきた。襷《たすき》を外して正座して、深々と頭を下げた。

「お役目、ご苦労さまに存じます」

「あい。お前さんも大変だね。気を落とすんじゃないよ、と言われても、うーむ。無理だろうかねぇ……」

卯之吉は、この挨拶で良かったのだろうかと真剣に悩んだ。もともと感受性が有り余っている男である。お直の受難を思うと、我がことのように悲しくなってきた。傍目には、おかしな役人である。庄助が訝しそうに横目でチラチラと窺っている。

お直が真っ直ぐに視線を向けてきた。

「お訊ね申します。おとっつぁんを殺した下手人の見当はついたのでしょうか」

若い娘だから言葉づかいがなっていないが、真剣な思いだけは伝わってきた。

「ううん……。それがねぇ……」

なんといっても調べは始まったばかりだ。

（しかもあたしが担当だからねぇ……）

我ながら心許ない。捕まる者も捕まえられないのではあるまいか。

横合いから庄助がお直を窘めた。

「お調べはこれからだ。お役人様を信じるんだよ」お役人様が太吉さんの無念をきっと晴らしてくださる。お役人様を信じるんだよ」

勝手にそんなことを請け合われても困る。と、卯之吉は本心から思った。

「それでね、ええと、あの後、おとっつぁんについて、なにか思い出したことはなかったかい。例えば、怪しい男が訪ねてきたとか、外で喧嘩をしてきたようだ、とか」

「いいえ」

「それじゃあ、あの事件の後、このお店《たな》の回りでなにか、怪しい出来事は起こらなかったかな」

「あたしはずっと、ここに閉じこもっていましたから、外のことは」

他にもいろいろと問い質したが、捗々《はかばか》しい返事は返ってこなかった。

そこへ銀八が空気も読まずに楽しげに、湯を沸かした鉄瓶を持ってきた。

「さぁ、沸きましたでげすよ。急須を出しておくんなさい。急に出してもゆっくりだしても急須は急須だってね」

これは駄洒落なのか。卯之吉も庄助も反応に困った。感情の萎《な》えきったお直だけが真面目な顔で急須を出し、客用の湯呑を並べて茶を淹れた。

「粗茶でございますが」

「ああ、構わないよ」

と茶碗をとって口にして、ウゲッと思った。本当に粗茶だ。

庄助が湯呑を手にしながら言った。

「裏の長屋の者たちが、何かを見ているかも知れませんよ」

「うん。そうかも知れないね。銀八、お前ね、ちょっと裏の長屋で聞き込んできてもらえないか」

「へぇい。まかしといておくんなさい。あっしの話術でどんな秘密でも聞き出してごらんにいれますでげすよ」

銀八は勇躍、表に出ていく。

「大きな声じゃ言えませんがね……」

庄助はチラッとお直に視線を向けてから、小声で卯之吉の耳元で囁《ささや》いた。

「裏店《うらだな》の連中がやったかも知れませんからね」

その日は家賃の掛け取りの日だった。当然、長屋の者たちは、太吉が金を抱えているることを知っていたはずだ。貧乏長屋の者たちはいつでも金に困っている。うっかり魔が差すということだってあるだろう。

銀八は表店の横の木戸を通って裏長屋に踏み込んだ。雨が降ったわけでもないのに地面がぬかるんでいる。周囲に比べて地面の窪んだ場所にあるようだ。長屋の通路の真ん中には排水路のどぶが通っていて、木の板で塞いである。そのどぶ板もやけに大きい。湿気た土地なので、雨の日などには水が湧きやすい。どぶの水がすぐに溢れてしまうからであろう。

「ちょいと御免よ。こんち、いいお日和でございますなぁ」

奥の空き地にはお決まりの井戸があって、女房たちが洗濯をしていた。

「なんだい、厠《かわや》かい。大きいのならいいけど、小便だけならお断りだよ」

女房仲間を仕切っているらしい五十歳ほどの、貫禄のある女が言った。

銀八の軽薄そうな顔を見て、同心の小者だと思う者はいない。厠を借りに入ってきたのだと思ったのだ。大小便は肥料として農家に売るのだが、小便ばかりされると『水っぽい』と嫌われて売値が下がる。

「いや、そうじゃねぇんだ。ちょいと話を聞かせてもらえないかな」

「どんな話だい」

「ええー、大家の太吉さんが殺されちまった、というお話」

「なんだい、お前さんは」

銀八の軽薄で無神経な物言いに、長屋の女房たちの目つきが一斉に吊り上がった。人情家の太吉は長屋の者たちに慕われていたのである。

「ええと、あっしは御奉行所のお役人様の手下でげす」

「馬鹿言うんじゃないよ。あんたみたいな表六玉が、どうして町方の親分さんであるもんかい」

そうだそうだ、ふざけんじゃないよ、あたしらを馬鹿にしてんのかい、と、女房衆が一斉にいきりたった。

「あいたたぁ」

こんな時、サッと十手を差し出すことができるのなら良いのだが、なにしろ旦那の卯之吉にしてからが見習いで、まだ十手を渡されていない。旦那が十手を持っていないのに手下が十手を持っているわけがない。

女房衆は蜂の巣をつついたような騒ぎだ。大家が殺されて不安に思っていたところへ、怪しい余所者が入ってきて、無神経な物言いをしたのだから感情的になって当然だ。

「とっとと出て行きな！　出て行かないとこうだよ！」

すりこぎ棒だの箒《ほうき》だのを振り上げられて脅された。銀八はほうほうの態で退散した。

結局、旦那の卯之吉も、手下の銀八も、なんの手掛かりも得ることができなかった。素人なのだから仕方がない。

卯之吉は平然としたものだが、銀八としては、いくつかの事件を解決させて、

「若旦那とあっしにゃあ捕り物の才能があるんじゃねぇんですかい」などと思い上がっていただけに落胆も大きい。

（今まで上手くいっていたのは、たんなる偶然だったんでげすかねぇ……）

などと嘆息しながら、卯之吉の背後に従って、奉行所に戻った。

第三章　浮世の金の浮き沈み

一

江戸の商家の二階には家の者が生活したり、物置として使うための座敷がある。讃岐屋の場合には、その二階座敷が夜霧の一党の隠れ家、拠点として使われていた。

長火鉢の前に座った治郎兵衛が苛立《いらだ》たしげに煙管を咥《くわ》えている。座敷にいるのは小頭の忠蔵だけだ。忠蔵も血色の悪い面を伏せていた。

「……つまりやな、太吉の娘は、自分のとと様が盗人やった、ゆうことを知らん、と、そうゆうことか」

「はい、そのようで」

「とと様の差配しておった長屋にやなぁ、夜霧一党の盗み貯めた金が隠されておる、ゆうんも、知らんのやな」

「そういうことでございます」

「なんちゅうこっちゃ！」

治郎兵衛は怒りに任せて、煙管を灰吹きに叩きつけた。羅宇《ラウ》がバキッと折れて、雁首が遠くに飛んでいった。

忠蔵は腰を上げ、雁首を拾いに行って戻って、長火鉢の猫板の上に置いた。

「一万両の金は、今も長屋の床下に埋まっております」

太吉の長屋はかつて、一党の隠れ家として使われていた。治郎兵衛は江戸を離れる際、長屋の床下に盗み貯めた一万両をこっそりと埋めた。

その後、太吉は格安の家賃で店子を募集し、長屋の部屋をすべて埋めた。なにも知らない者たちが一万両の上で今日も住み暮らしている。

たとえ、どこかの悪党が一万両の隠し場所に気づいたとしても、貧乏人たちが住み暮らしているかぎりは掘り出せない。一万両を掘り出すのは相当の手間だ。無理やり掘り起こそうとすれば、当然大騒動になってしまうので役人が駆けつけてくる。まともな思慮分別がある者なら、捕まること間違いなしの危険を冒してまで強奪にかかるはずもない。

夜霧の一党の者の中にも、一万両の隠し場所を知る者はいる。埋伏に関わった幹部たち、小頭の忠蔵と、伝五郎、太吉などだ。

治郎兵衛に内緒でこっそりと、一万両を独り占めしたい、などと考えた者もいたかも知れぬが、やはり、長屋の者たちの目を盗むことは出来なかった。唯一可能だったのは太吉だが、太吉は治郎兵衛が見込んだ通りの律儀者で、死ぬまで長屋と一万両を守り通してくれた。

と、ここまでは完璧だった。治郎兵衛の計算通りに事が運んだ。

だが、太吉が死んだことですべてが仇になって返ってきた。なんと、一万両を埋めた治郎兵衛までもが、それを掘り出せなくなってしまったのだ。

忠蔵が困惑げに口を開いた。

「太吉の差配で店子を退《ど》かして、その隙に掘り出す算段でしたが、これで……」

「上手いこといかんようになったわなぁ」

大家の太吉が「傷んだ長屋に大工を入れる」などの口実で、数日の間、長屋の者たちをどこか別の場所に移動させる。なんなら湯治などに連れ出してもいい。その隙に掘り出す算段だったのだが、太吉が死んで長屋の住人たちを動かすことが出来なくなってしまった。

長屋の住人がいるかぎり、一万両を掘り出すことは誰にも出来ないのだ。

治郎兵衛は苛立たしげに腕組みをして考え込んだ。

夜霧ノ治郎兵衛は、周到に準備を重ね、緻密《ちみつ》な計画を練ってから盗みに入る男である。盗んだ後も注意を怠たらない。足がつかぬように配下の者どもにまで目を光らせている。

それだけに、自分の立てた計画が頓挫《とんざ》することに耐えられない。自尊心は傷つき、途端に気短になってしまう。

忠蔵が治郎兵衛の顔を覗きこんだ。

「太吉の娘に、因果を含ませますか」

娘のお直が長屋の大家を代行している。父親が盗人だったことを知らせて、金の掘り出しに協力させる。それしか方法がないように思える。

「阿呆《あほう》ぬかさんかい」

治郎兵衛は唇を尖らせた。

「その娘の気性も知れんのやで。うろたえて番所に駆け込まれたりしたらどないするんや」

「では、いかがなさいますので」

「付け火や」

治郎兵衛が禍々《まがまが》しい顔で答えた。

「焼け野原にして、店子と長屋を一緒くたに除いてしまうんや。最悪、それも考えとかなあかん」

用意周到で知られた夜霧の一党のやり口としてはあまりに手荒だ。

「しかし、もっと良い手があるで」

治郎兵衛がニンマリと笑った。

「どうなさるおつもりで」

「借金のカタになぁ、大家の株を取り上げげんのや」


翌日。夜霧の一党の伝五郎がお直の八百屋を訪れた。

治郎兵衛の供をして、大坂から下ってきた番頭風の男である。今日も商人らしい格好をしてきた。どこからどう見ても、盗人の手下には見えない。

「あたしは平松町で墨の卸を商っている讃岐屋の番頭で、伝五郎と申します。太吉さんとは古い馴染みでございまして」

お直に向かって名乗った。店の奥の居間に上がらせてもらうと、太吉の位牌の前に座って焼香した。同じ一家で盗み働きをしてきた仲間である。仏前では本心から太吉を悼《いた》む気持ちになった。

その気持ちが伝わったのか、お直も粛然《しゆくぜん》と座っている。

「本日は、父のためにわざわざ足をお運びくださいまして、本当にありがとうございました」

「ああ、急な話で……。しかもあんな非道な死に方をなさって……。なんといえばいいものやら。本当に御愁傷様だ」

伝五郎はツンと鼻にきたものを手拭いで拭いた。

と、死んだ仲間への想いは別として、ここでやるべきことはやっておかねばならない。なんといっても一万両がかかっている。伝五郎も一万両を埋めるのを手伝った。その時の千両箱の重さが手に蘇《よみがえ》ってくるかのようだ。

「父とは、どういった間柄だったのですか」

「まぁ、商いの都合でね。お金を融通しあったりとか、そういうことだよ」

「はぁ」

八百屋の帳簿をつけていたのはお直だが、自分の知らないところで父親が商売仲間同士で資金繰りをしていたのか。

「そこでだね、お直さん。死んだ太吉さんの位牌の前で、こんなことを言わねばならないあたしも辛いんだが」

懐から証文を一枚だしてお直の前に広げた。

「それはなんです」

お直は訝《いぶか》しげに証文と、伝五郎を交互に見つめた。

「いいから、読んでごらんなさいよ。字は読めるんだろう」

お直は証文を手に取った。たどたどしい目つきで文字を追っていたが、すぐに顔色が変わった。

「これは……！」

「そうだよ。おとっつぁんが残した借金の証文さ」

お直はもう一度文面を検《あらた》めた。確かに父親の手跡で署名されていた。

むろんのこと、これは偽造されたものである。悪党の世界には通行手形などを偽造する専門の闇職人がいる。同じ一味の者同士、太吉の文字遣いの癖は知り尽くしているわけだから、借金証文を偽造することなどわけもない。

伝五郎は証文をサッと奪い取ると懐深くにしまった。

「そ、そんな！　借金があるなんて、おとっつぁんは一言も……」

「娘に借金の話をする父親がいるもんかね」

「そんな……」

お直は呆然自失《ぼうぜんじしつ》して、何度も「そんな」を繰り返した。

伝五郎は莨《たばこ》入れから煙管を出して吸いつけた。

「借金の額は十両。利息も積もって十五両だ。どうですね。返せるあてはあるのかい」

「十五両！」

小さな八百屋と貧乏長屋の大家には返済不可能な額である。しかも、返済を滞らせておけばどんどん利息が膨らんでゆく。その程度の知識はお直にもある。

「伝五郎さん！」

お直は恐怖に身震いした。自分は苦界に落ちるのか。吉原などで身体を売らねばならないのか。

「まぁ、そんなに深く考える話じゃないさ。お直さんには、太吉さんが残してくれた財産があるんだから」

「財産？　いいえ、そんなものはどこにも」

「あるさ。長屋の大家の株だよ」

「株？」

「こんな貧乏長屋の大家の株だって、売れば十五両にはなるだろう。だから心配はいらないよ」

「ああ。大家の株を売るんですか」

「ああ。乗り掛かった舟だ。買い手はあたしが見つけてきてあげよう。それで借金は帳消しだ」

言うだけ言うと、お直に考える暇も与えずに伝五郎は腰を上げた。

「それじゃあ。また来るからね」

そう言い残して出ていった。

お直は言葉もなく、座敷の真ん中に座り込んでしまった。

夕刻、長屋の女房の一人、おタマが、お直の家の台所に入ってきた。銀八を追い返した女である。手には惣菜を抱えている。お直の前では気の良い世話好き女であった。

「お直ちゃん、いるかい」

お直は居間の真ん中に座っている。台所との間を仕切る戸が開いていた。

「ああ、びっくりさせるじゃないか。どうしたんだい、そんな真っ暗な中に座っていてさ」

惣菜を入れた皿を置くと、勝手に上がりこんできて、行灯《あんどん》に火を入れた。

「おタマさん……」

お直は悄然《しょうぜん》として目を向けた。おタマもお直の窶《やつ》れぶりに驚いて居ずまいを正した。父親を亡くしてからずっと落ち込んでいたお直だったが、長屋の者たちの心遣いもあって、最近は笑顔を取り戻しつつあった。それなのにいったいどうしたことか。

「な、何かあったのかい」

お直はコクッと頷《うなず》いた。そして、父親が残した借金のこと、借金の形に大家の株を取り上げられてしまいそうなことを話して聞かせた。

「なんだって！」

おタマは目ん玉をひん剝いて驚いた。

この貧乏長屋は、常に誰かを住まわせておかねばならないという、太吉側の事情もあって、貧乏人たちには極めつきに過ごしやすい長屋であったのだ。

太吉にすれば、一万両のうえで店子が暮らしていてくれればいいわけで、厳しく取り立てて部屋がいくつも空いたりするとかえって厄介《やっかい》だ。だから貧乏な店子にも優しい差配だった。

「大家さんが替わったら困るよ！」

すでに替わっているのだが、お直も父のやり方に倣《なら》って穏やかな差配を心がけている。

「業突張《ごうつくば》りの因業《いんごう》爺ィが新しい大家になったらどうしようね！　あたしらは生きていけなくなるよ！」

お直もそれを心配している。だから悄然としているわけで、おタマの口から面と向かって指摘されるといっそう辛い。

おタマは大声で長屋じゅうに触れて回った。長屋の貧乏人たちは、お直の気持ちも忖度《そんたく》せずに押しかけてきて「困る困る」と連発した。だからと言って借金の肩代わりなどできるはずもない。手前勝手にわめき散らしているばかりだ。

お直は申し訳なさにいたたまれず、大粒の涙をこぼした。

二

「上手いこと運んだようです」

讃岐屋の二階で伝五郎が治郎兵衛に報告した。治郎兵衛は満足そうに煙管を燻《くゆ》らせた。

「そうかえ。ご苦労さん。あとは長屋を買い取って一万両を掘り出すだけや」

すると伝五郎は、僅《わず》かに不満げな顔をのぞかせた。

「なんや。言いたいことでもあるんか」

「はい。家を追い出されることになる、お直の身の振り方ですが……」

治郎兵衛は「ははは」と笑った。

「心配いらんで。わいが掛屋になったら、お直には毎月手当を送って、若い娘なりに身の立つようにしてやるがな。お直は太吉の一人娘やで。太吉の働きには報いてやらなあかん。わいは手下の働きを無視するような極悪人とちゃうでぇ」

「それを聞いて安堵《あんど》いたしました」

「さてと」

治郎兵衛は機嫌よく立ち上がった。

「掛屋の株を手に入れるための根回しや。勘定奉行所と掛け合わねばならん。面倒なこっちゃがしゃあない。これから接待や」

「はい。吉報をお待ちしております、旦那様」

大店の番頭の顔つきに戻った伝五郎は、折り目正しく低頭した。


夜の深川。治郎兵衛は大川に面した料亭の二階座敷を借り切った。今年の料理屋番付で張出大関になった高級料亭だ。二階座敷の貸し切りとなると、百両もの大金が必要だが、掛屋の株が入手できるかどうかの瀬戸際である。金を惜しんでなどいられない。

治郎兵衛は京風の調度を誂《あつら》えさせて座敷に配した。屏風を張りめぐらせ、薄絹を巡らせた几帳《きちょう》を並べる。清楚で落ち着いた雰囲気だ。派手でけばけばしいだけの江戸の文物とは一味違う。さすがは千年の歴史を誇る王朝文化というべきか。

座敷に侍《はべ》る芸者には、京の島原遊廓の扮装をさせている。『京の着倒れ』と言われるくらいで、京の遊女の装束は豪華絢爛《ごうかけんらん》そのものである。経済的には江戸に格差をつけられたと雖《いえど》も、さすがに京は服飾文化の中心地であった。

しかも本物の京女を揃えたのである。忠蔵たちに江戸中を走り回らせて、上方から下ってきた芸者や遊女ばかりを集めてきた。

しかし文字通りの「都落ち」であり、容色では島原の遊女たちにはとうてい敵《かな》わないが、そこは厚塗りの白粉《おしろい》でごまかした。どっちにしろ豪華な衣装に着倒されているわけであるから、はんなりとした口調と物腰さえあれば良いわけだ。

勘定奉行所の役人が入ってきた。勘定組頭の井上信三郎《いのうえしんざぶろう》という男だ。勘定組頭は町奉行所でいうと年番方与力に相当する。石高は四百石程度の中級役人だが、権限は絶大である。

日本という国は昔から、組織のトップは転属を繰り返す渡り鳥で実権はなく、本当の権限は小役人の中の実力者が握っている。

井上はまさにそういう男である。まずはこの男を味方につけないことには、掛屋の株も入手できない。

「ようこそお越しくださいました、井上様」

治郎兵衛は恵比寿大黒のような笑みを浮かべて挨拶した。

井上の背後にはもう一人、勘定方の役人が従っていた。井上の腹心で木崎《きざき》という。

「ほう、これは……」

接待に慣れているはずの江戸の役人たちも、治郎兵衛の趣向にはおもわず目を見張った。

卑屈な笑みを浮かべ、腰を低くして席を勧める治郎兵衛も、内心では、

(無粋な東夷《あずまえびす》の武サ公《ぶさこう》め。間抜けヅラを晒《さら》しよって)

などと嘲笑《ちょうしょう》している。偉そうにそっくりかえっていても所詮《しょせん》は東国武士。上方ふうの洗練された趣向でもてなされ、早くも骨抜きになっている。

「ささ、どうぞお席に」

井上と木崎は用意された席に座った。屛風を背に井上が座り、その脇に木崎が座る。すかさず島原の遊女ふうの女たちが、目にも艶《あで》やかな衣装を引きずりながら歩み寄って侍った。

「なにやら源氏物語の絵巻物に入ったような心地よな」

井上はまんざらでもない顔をした。すかさず治郎兵衛はお追従《ついしょう》を口にした。

「井上様のお姿の神々《こうごう》しさは、光君もかくやでございます。治郎兵衛の目ェが潰れます」

両目を覆っておどけた。

井上の言わんとした意図とはまったく違うわけだが、そこは調子よく「この座

敷が源氏物語であるなら、井上様こそが光源氏だ」と煽《おだ》てあげたのだ。

井上も木崎も機嫌よく笑った。

女たちが、やたらと柄の長い銚子で酌をする。下り物の最上級の菊酒だ。井上は満足そうに盃を重ねた。

「井上様、この草津屋治郎兵衛、受けたご恩はけっして忘れるものではございませぬ。大坂で掛屋となった暁には、井上様にはぎょうさん、恩返しさせていただきます」

「ふむ」

「井上様が堺や大坂の町奉行に御成りなされまするよう、精一杯、力を尽くさせていただく所存でございますのや」

江戸の役人は、本人の能力と、上役への賄賂《わいろ》で出世していく。大坂の掛屋を味方につければ井上としても賄賂の元手に困らなくなるから出世に有利だ。堺や大坂の町奉行にでもなれば、それこそ、二人三脚で私腹を肥やしてゆけるのである。

井上の出世は木崎の出世でもある。金魚の糞《ふん》のように井上にくっついていく所存だ。木崎は嬉しげな顔を井上に向けた。

「これは心強い話でございますなぁ」

治郎兵衛は木崎にも怠りなく賄賂を贈ってあった。この宴席での木崎の役目は治郎兵衛にとって都合の良い方向に話を持っていくことである。

井上は満足そうに目を細めている。治郎兵衛は「もはやこの役人は我が掌《てのひら》に握ったも同然」という心地になった。

木崎が、井上の内心を忖度《そんたく》して、代りに訊ねてきた。

「しかし、掛屋の株ともなると、それ相応の金子《きんす》を用意いたさねばならぬであろう。どうなのだ、草津屋。金子の手立てはついておるのか」

治郎兵衛は「得たり」と微笑んで頷いた。

「はい。一万両ほど、ご用意させていただきました」

「い、一万両！」

井上の顔面が紅潮した。

一万両が丸々、株の購入に当てられるわけではない。仲介の労をとった井上にも、それなりの金が渡される。その額が千両になるか、千五百両になるか、二千両になるか、いずれにせよ井上としては心が躍る話であった。

木崎が井上に顔を向けた。

「井上様、どうやら草津屋は本気のようでございますぞ！」

「む、むぅ……。それだけの金子を用意できるなら、わしとしても、安心して口利きができるというものだ」

井上の声は完全に裏返っていた。

（これで、掛屋の株はわいのもんや……）

治郎兵衛はほくそ笑んだ。

と、その時。

かしましい三味線と鉦《かね》や太鼓の音が、窓の外から聞こえてきた。

治郎兵衛はギョッとした。吉原での嫌な記憶が脳裏を過《よぎ》る。治郎兵衛の不安を掻きたてるようにして、騒々しい気配がどんどん近づいてきた。

「なんだろう」

井上も窓の障子に目を向けた。外は夜であるはずなのに、ぼんやりと障子が明るくなっている。

木崎は障子に歩み寄って開け放った。途端に神々しい光の洪水が座敷に差し込んできた。

「なんだこれは！」

井上が立ち上がった。窓の外を見て呆然としている。治郎兵衛も、居ても立ってもいられずに窓辺に駆け寄った。

大川の川面に何艘もの屋形船が連なっている。屋根や船縁がびっしりと提灯《ちょうちん》で飾られていて、夜目に眩《まぶ》しいばかりに光り輝いていたのだ。

屋形船の周辺を囲む小舟に、三味線や太鼓の芸人たちが分乗している。みなそれぞれに息を合わせて華やかな調べを奏でていた。

屋形船の舳先《へさき》に、一人の白面郎が立っている。扇を手にして不思議な踊りを舞っていた。

「三国屋の若旦那はんやわ！」

芸者が黄色い声を張りあげた。

「ほんまやわ」

「えらい粋なお姿どすなぁ」

女たちが口々に褒め讃える。派手なうえにも派手で、かつ、なんとも珍妙でケレンに満ちた姿である。それがまた、一種異様な艶やかさであり、華麗な気品すら感じさせるのだ。

「なるほど、あれが三国屋の放蕩《ほうとう》息子か」

井上も感に堪えないような顔をしている。

町人風情があまり派手なことをやらかすと、幕府の不興を買って取り潰されたりするのだが、なにしろ三国屋は老中にまで政治資金を融通しているという大店である。井上のような役人まで、「さすがにたいしたものよのぅ」などと感心させられてしまうのだから始末に困る。

「噂には聞いていたが、豪勢なものだな」

木崎も自分の役目をすっかり忘れて井上の発言に追従した。

「今や江戸の商人は、大坂の商人をしのぐ勢いでございますからねぇ」

「うむ」

井上はなにやら急に考え込んだ。

治郎兵衛が用意した宴席は、確かに上方風で優美だが、別の言い方をすれば地味だ。となれば、華々しくて勢いのあるほうにつかねば嘘である。大坂の掛屋の株を欲しがっている江戸の札差は多い。それなら江戸の札差に下げ渡したほうが、賄賂の実入りも大きいのではあるまいか。

誤解のないように付言すると、この時期から江戸の文化は上方文化に肩を並べようとはしていたが、それでも上方文化は、幕末まで江戸文化に対する優位を保ち続けた。軽業などの見世物までもが、上方から下ってきた芸人のほうが格上とされて珍重されたのだ。ここで治郎兵衛の座敷が卯之吉の舟遊びに見劣りしてしまったのは、単に、盗人風情と三国屋の経済力の差によるものである。

治郎兵衛は井上の顔を凝視している。頬のあたりがヒクヒクと痙攣《けいれん》した。

治郎兵衛には、井上が今なにを考えているのかが手に取るように理解できた。

賄賂が大好きな役人の考えることなどひとつしかない。治郎兵衛の宴席と、三国屋卯之吉の宴席を見比べて、大坂の商人と江戸の商人、どちらに加担したほうが得かを測っているのに違いないのである。

卯之吉の屋形船はそのまま下流へ下っていく。治郎兵衛の宴席は一気にしらけきってしまった。

井上と木崎は、酒と料理だけ平らげると、硬い表情のまま帰っていった。

一人、座敷に残された治郎兵衛は、両手に白扇を握りしめて歯嚙みした。

「おのれ！　おのれ、三国屋の放蕩息子め……！」

白扇がへし折れる。治郎兵衛は尚も、無言で歯嚙みし続けた。

三

翌朝の四ッ半（午前十一時）ごろ、卯之吉は眠気をこらえながらお直の八百屋に向かった。あの後でなにか、思い出したことがなかったかを聞きにいこうと思ったのである。

八百屋の横の、貧乏長屋の木戸のところに人だかりができていた。長屋の住人が総出で騒いでいる様子だ。

「井戸替えでげすかねぇ」

銀八が間の抜けたことを言った。

「馬鹿言うんじゃないよ、井戸の掃除は七月七日の行事だろうに」

騒動の真ん中にいた老人がこちらに気づいて頭を下げた。

「八巻様。毎日ご苦労さまでございます」

「庄助さんかぇ。これはなんの騒ぎです」

すると、恰幅《かっぷく》の良い女房がプリプリと怒りながら踏み出してきた。

「よくぞ聞いてくださいましたお役人様。こんな阿漕《あこぎ》な話が許されていいんですかい」

何事かに腹を立てている、ということだけは理解できたが、この手合いの女の通例で、何に腹を立てているのかを説明する気はまったくない。ただ激昂しているだけだ。そして周囲の貧乏人たちもそれに追随する。

「まぁ、お待ちなさいよおタマさん。お役人様がお出《い》でになったんだ。その話はあたしからちゃんとお聞きいただくから」

庄助が両腕を広げて、長屋の者たちを押し戻そうとした。卯之吉も呑気《のんき》な顔つきで頷いた。

「じゃあ、あなたたちの話は、この銀八があたしに代わって聞くことにしよう」

「えっ、あっしがですかい」

銀八は顔を青くさせた。この前もこの女房にはさんざんにやりこめられた。体格だってあっちのほうが遥かに大きい。正直いって恐ろしい。

おタマは不思議そうな顔つきで、銀八を見た。

「あらあんた。なんだい、本当に同心様の手下だったのかい。ちっともそうは見えないけどね」

先日の無礼については、まったく謝るつもりもないようだ。

「そんなら話を聞いておくれな。なぁに、渋茶ぐらいなら出すよ」

銀八の首根っこを摑《つか》むようにして、長屋の木戸内に引きずり込んでしまった。

銀八の悲鳴を背中で聞きながら、卯之吉は庄助を連れてお直の店に入った。

薄暗い奥の居間でお直がポッンと座っている。先日よりもさらに憔悴《しょうすい》しきった風情であった。

庄助が卯之吉に耳打ちした。

「実は、太吉さんが借金を残していたようなんで」

「借金？」

「はい。そんなふうには見えませんでしたがね。堅実な商いだったし、言っちゃあなんだがあんな貧乏長屋だ。職人に手を入れさせるという話でもないし」

「それで、いかほどなんだい」

「へぇ、十五両……」

庄助も諦め顔で告げた。庶民にとって十五両は大金である。町役人を勤めるほどの庄助でも、おいそれと動かすことのできる額ではない。まして独り身の女では尚更だ。庄助もお直の行く末を思って暗然としている。

「ふぅん。十五両ねぇ」

一人、卯之吉だけが別世界だ。十五両なんて端金《はしたがね》は、一晩の飲み食いで使い果たしてしまう。花魁《おいらん》や深川芸者を呼んで宴席を開いたら十五両では払いが足りない。

卯之吉は奥の居間に上がりこんだ。お直が平伏して迎える。

「それでお前さん、その十五両をどうなさるおつもりかえ」

卯之吉に訊ねられてもお直は俯《うつむ》いたまま答えない。口を開く気力もないという様子だ。代りに庄助が答えた。

「それなんですがね、太吉さんに金を貸していたという商人が、長屋の大家の株を十五両で買い取ってやってもいいと言ったらしいんで」

「それで帳消しというわけかな」

「ま、そういうことなんでしょうなぁ」

「この長屋の大家には、十五両の値打ちがあるのかねぇ」

「まぁ、相場といったところでしょうかね。長屋の大家を何年続ける気なのかにもよりますがね」

卯之吉はお直を見た。お直は無言で俯いている。お茶も出てこないし用意する様子もない。庄助が続けた。

「しかし、大家が替われば、差配のしようも変わるでしょう。おそらく、今の長屋の店子たちはみんな追い出されてしまうのではないかと」

「どうして」

「相場よりもずっと安い家賃ですからねぇ。あたしの目で見ても、太吉さんがどうしてこんな安値で店子を住まわせていたのか分からないぐらいで。おまけに有る時払いの催促無しですから。貧乏人にとってはこんな素晴らしい塒《ねぐら》はないわけです」

「ふーん」

「それで、あの騒ぎですよ。大家が替わったら住んでいられないってんでねぇ。自分たちで借金を肩代わりする甲斐性《かいしょう》もないくせに、お直ちゃんを責めたてるんだから」

　お直がポツリと口にした。

「あたしのおとっつぁんが悪いんです」

「そんなことを言うんじゃないよ。長いこと商いをやっていれば、時には借金をこさえることだってあるさ」

「ううむ」と卯之吉は嘆息を洩《も》らした。

「人が一人死ぬと、いろいろと出てくるもんだねぇ」

煤《すす》けた天井を見上げて嘆き悲しむ。

「あたしが不甲斐ないもんだから、太吉さんを殺《あや》めた下手人はいまだお縄にできないしねぇ。本当にお直ちゃんには、重ね重ね申し訳がないよ」

「そんな……」

町人にとって町奉行所の同心は、例えるなら地獄の獄卒のように恐ろしくて偉い相手だ。そんな相手に謝罪されるとかえって萎縮《いしゅく》させられてしまう。

「どれ、ご焼香させて頂こうかねぇ」

粗末な仏壇が置いてある。新しい太吉の位牌の横には、太吉の妻、つまりお直の母親の位牌もあった。

「お直ちゃん、茶を淹《い》れてもらえないかねぇ」

卯之吉は、この男にしては珍しく、図々しくも催促した。ハッと気づいたお直が、慌てて襷《たすき》を手にして立ち上がった。

「あ、あたしったら……。すいません」

「庄助さんも手伝ってやっておくれな」

「はい」

庄助とお直は台所に降りて、へっついに火を熾《おこ》しはじめた。その隙に卯之吉は、懐の紙入れから小判を十五枚摑み出して、仏壇の引き出しの奥に忍ばせた。

何食わぬ顔で焼香する。

「あたしには到底、あんたを殺した下手人を捕まえられそうにないよ。悔しいだろうけど、これで勘弁しておくれな。お直ちゃんも長屋のみんなもこれで無事だ。だから安心して成仏しておくれ」

太吉に向かって手を合わせた。

何食わぬ顔で座敷の真ん中に戻る。しばらく待たされて、お直がお茶を淹れてもってきた。

「粗茶でございますが」

「ああ、わかってるから今度は大丈夫」

と茶碗をとった。

そうこうするうちに銀八が、ヘロヘロになりながら戻ってきた。

「いやあ、酷《ひど》い目にあいやした。あっしはもう、こんなお役目は御免でげすう」

いったい長屋でどんな目にあわされたのか、髷《まげ》も衿も乱れた姿だ。卯之吉はほんのりと微笑んだ。

「まぁそう言わずに。そうだ、お前さんも太吉さんの仏前に焼香しなよ」

「へい。そうさせていただきやす」

銀八は仏壇の前に正座した。

「あれ？　線香がございやせん」

卯之吉は何食わぬ顔で答えた。

「引き出しだろう。探してごらんよ」

「へぇ。ウムム……これは造りつけの悪い引き出しでげすな」

粗忽者《そこつもの》の銀八は、仏壇の引き出しを上手く開けることができず、手こずっているうちに思いきり引っ張って、中身を全部ぶちまけてしまった。

「あっ、こりゃあうっかりだ――って、ひゃあっ！」

銀八は大げさに腰を抜かした。畳の上に小判が何枚もばらまかれていたのである。

庄助も膝立ちになる。お直も目を丸くさせて呟《つぶや》いた。

「これは……？」

卯之吉は「うーむ」と考えこむ素振りをした。

「どうやら太吉さんのへそくりのようだね。ここにこんなお金が隠してあると知っていたのかい」

お直は首を横に振った。

「まぁ、太吉さんのお金だ。失《な》くさないように大事に拾っておきなよ」

「は、はい」

お直は急いで小判を拾い集めた。

「十八枚あります！」

「十八枚？」

三枚多いが、それは本当に、太吉のへそくりだったのだろう。

「ああ、これが、天佑神助《てんゆうしんじょ》というものでしょうか」

庄助も嬉しそうだ。

「これでお直ちゃんも、長屋のみんなも救われました」

「うん、そうだね。庄助さん、ちっとばかり手間になるけど、あんたがその借金の返済を見届けてやっておくれじゃないか」

「はい。讃岐屋という商人には、あたしがお直ちゃんの後見役として口を利かせていただきます」

「それであたしも安心した。それじゃあ、そういうことだから、あたしは引き上げるとするよ」

卯之吉は着物の裾を払って立ち上がった。お直と庄助が表通りまで出て見送ってくれた。

貧乏長屋を出る卯之吉の姿を一瞥《いちべつ》して、愕然《がくぜん》とした男がいた。

「あ、あいつは！」

夜霧の一党の錠前破り、伸吉が血相を変え、物陰に飛び込んで隠れた。

「どうしたぃ」

伝五郎が不思議そうな顔をした。

「兄ぃ、あ、あいつ……、南町の人斬り同心の八巻ですぜ！」

「な、なんだとッ」

伝五郎も慌てて身を潜めた。

「霞《かすみ》ノ小源太《こげんた》一党を捕縛したっていうのは、あいつかい！」

南町の公式な記録では、霞ノ小源太一党を捕縛したのは内与力の沢田彦太郎の手柄――ということになっている。しかし、蛇《じゃ》の道は蛇《へび》の譬《たと》え通り、裏の社会では、より正確な情報が行き交っていたのである。

「畜生ッ、どうして太吉のとっつぁんの店から出てきやがったんだ」

「兄ィ、もしかして俺たちの一党も、八巻の野郎に嗅《か》ぎつけられたんじゃねぇだろうか。あの野郎、恐ろしいまでに鼻が利くって噂ですぜ」

夜な夜な市中を巡検し、辻斬りどもを見つけ次第に叩き斬っているという剣客同心だ。一見したところ頼りなさそうな柳腰だが、そのしなやかな腰つきから繰り出される抜き打ちは電光石火の早業。闇の世界で鳴らした人斬り浪人たちでも太刀打ちできないとされている。

うっかりとちょっかいをかけた黒雲《くろくも》ノ伝蔵《でんぞう》一家は、八巻の逆鱗《げきりん》に触れて壊滅させられた。博徒の一家をたった一人で叩き潰したのである。想像を絶する豪腕だ。比肩しうるのは洛外下り松の宮本武蔵《みやもとむさし》か。鍵屋《かぎや》ノ辻《つじ》の荒木又右衛門《あらきまたえもん》か。高田《たかだの》馬場《ばば》の堀部安兵衛《ほりべやすべえ》か。

「あ、兄ィ、どうしよう……」

「どうするも、こうするもねぇ！　お前《め》ェはすぐ、お頭に知らせるんだ」

「兄ィはどうする」

伝五郎は、ちょっと思案を巡らせてから答えた。

「俺はお頭から言いつけられた仕事がある。お直から大家の株を巻き上げたらすぐに戻る」

「ああ、わかった。八巻の手下が目を光らせているかも知れねぇから、お気をつけなすって」

「抜かりはねぇよ。お前ェに言われるまでもねぇ」

二人はその場で別れた。仲吉は急いで讃岐屋に取って返した。

四

讃岐屋の二階座敷で治郎兵衛は、将棋盤の前に座り、腕を組んで盤面を睨《にら》みつけていた。脇には小頭の忠蔵が黙然《もくねん》として控えている。

詰め将棋は治郎兵衛の趣味のひとつであるが、しかし、駒などひとつも動かしていない。頭の中ではまったく別のことを考えている。否、別のことで頭が一杯になっている、といったほうが正しいだろう。

長々と黙考したあとで、治郎兵衛は「よし」と呟いた。

顔を上げ、ギラリと双眸《そうぼう》を光らせた。

「三国屋や。三国屋をやる」

忠蔵が聞きとがめて視線を向けた。

「三国屋とは、あの、札差の三国屋でございますか」

「そうや。あそこの餓鬼の卯之吉ゆうんが邪魔臭くってしゃあないのや。どないにしても卯之吉だけは、息の根を止めとかなあかん」

「どうして、そんな、急に」

「勘や。なんや知らん、わいの勘働きがそう言うとる。卯之吉を殺しておかんと、後々わいの首が締まる。……そんな気がするんや」

無茶苦茶な理由である。否、理由になっていない。忠蔵は暗澹《あんたん》としたが、しかし、言い出したら聞かないのが治郎兵衛である。また、長年小頭として仕えてきて、治郎兵衛の勘働きには神がかり的な冴えがあることも認めている。

治郎兵衛は続ける。

「なんやら風向きが怪しゅうなってきた。もしかしたら、あの一万両だけでは掛屋の株を買えんかも知れん。金はいくらあってもいい」

だから卯之吉をかどわかすということか。

「しかし、三国屋は屋敷中に腕利きの用心棒を配していると聞きます」

「なぁに、心配いらんで。あの卯之吉一人を攫《さら》ってしまえばええんや。せいぜい幇間を引き連れとるだけの放蕩息子や。攫うのに手間も暇もかからへん。そのあとでゆっくりと、身代金を頂けばええ」

「もちろん、三国屋がなんぼぎょうさん金を揃えたとしても、卯之吉を生きて返すつもりはないけどな」

治郎兵衛は商人らしい恵比須顔の、視線だけを冷たく光らせてせせら笑った。

その時、

「お頭ッ、大変《てえへん》だ」

顔面を汗まみれにして、伸吉が階段を駆け上ってきた。

治郎兵衛は訝しげに伸吉を睨みつけた。お頭に代わって小頭の忠蔵が訊《き》いた。

「そんなに慌ててどうしたんだ」

「へェ、これが慌てずにいられるかってぇ話でさぁ」

伸吉は息を弾ませ、法被《はっぴ》の袖で顔の汗を拭った。

「大変なんだ、お頭、太吉のとっつぁんの長屋に、南町の八巻がツラを出していやがったんで！」

「なんだとッ」

忠蔵が顔色を変えた。一方の治郎兵衛は、ずっと江戸を離れていたので、話についてゆけない。

「はぁ」

「何者《なにもん》なんや、その、南町の八巻ゆうんは」

「へぇ」

忠蔵と伸吉は、競い合うようにして八巻の説明を開始した。もちろん、誤解が元になっており、裏社会に噂が広まる過程でより大きく、より恐ろしく膨れあがった人物像のほうである。

「なんやと、そないな切れ者《もん》が現われよったんかいな」

五年前、江戸をさんざんに荒らした頃は、南北町奉行所にはろくな人物はいなかった。少なくとも、治郎兵衛に脅威を感じさせるほどの敏腕役人は存在していなかったのだが。

（なんや、最近の東夷は、ちぃとばかし調子こいとるんちゃうんか）

三国屋の卯之吉には上方の粋人としての誇りを傷つけられ、今度は南町の八巻に脅かされている。江戸者を見下してきた治郎兵衛としては、まったく面白くない話だ。

しばらくすると今度は伝五郎が青い顔をして戻ってきた。

「おう、伝五郎か。お直から株を取り上げてきたんやろうな」

伝五郎は、身につけた番頭としての所作で折り目正しく正座して、青い顔を伏せた。

「そ、それが……。妙なことになってしまいました」

「なんや。妙なこと、ではわからんがな」

「はい、こ、これを……」

伝五郎は懐の奥から袱紗《ふくさ》包みを掴み出して、畳の上に置いた。

「十五両、揃っております」

「なんやと！」

思わず治郎兵衛はガッと片膝を立ててすごんだ。大坂商人の仮面の下に隠していた本性を露《あらわ》にさせる。

伝五郎は小判を広げた。

「確かに十五両……」

「ドアホ！　数えんでもエエがな！　どういうことやねん」

「手前にもさっぱり。あの貧乏長屋の大家に、どうして十五両もの大枚を用意できたものか」

二人のやりとりをこっそりと隣座敷で聞いていた蛇ノ平三が、嘴《くちばし》を挟んできた。

「太吉のとっつぁん、隠し金に手をつけていたんじゃねぇんですかい。頭にゃあ内緒で、こっそりと掘り出していたのかも」

治郎兵衛が首をよじって平三をきつく睨みつけた。

「太吉はそんな不義理な男やないで」

と、睨みつけた目つきがいっそう鋭く、険悪になる。

「平三、お前、いったい何を知っとるんや。どうして太吉が隠し金を預かってたことを知っとる」

「そ、それは」

平三の顔つきが一変した。額にフッフッと汗が浮かんだ。

「それはそのぅ、とっつぁんと酒を飲んだ時に、酔っぱらったとっつぁんが、つい、口を滑らせたことがあったんで……」

治郎兵衛は身を翻《ひるがえ》してすっ飛んできた。五十代の身のこなしとは思えぬ素早さだ。

「ほざくんやないで」

両腕で平三の襟首を摑んで締め上げる。普段の福々しい風貌からは想像し難い怪力だ。平三は苦しげに噎《む》せながら抗弁した。

「ほ、本当なんで……！　とっつぁんも最近は、すっかり酒に弱くなっちまって、それで……、ぐっ、苦しい。は、放してやっておくんなさい」

治郎兵衛はようやく指を緩めた。平三はその場に転がって、首をさすりながら必死に呼吸を貪った。

小頭の忠蔵が口を開いた。

「その金の出所がどこなのかはさておいて、あの長屋の始末をいかにつけましょうか」

伝五郎も膝を進めた。

「もう一度、今度はもっと大金の証文を作るという手もありますが……」

治郎兵衛は首を横に振った。

「同じ手は二度使わないのが鉄則や。何度も使《つこ》うたら、いくらなんでも臭いと思われるやろ」

いまだに苦しみ悶《もだ》える平三など無視しきって、火鉢の前に座り直した。

「まして八巻とかいう、鼻の利く同心がうろついとるんや。用心せなあかん」

「そう、その八巻でございますが」

伝五郎が身を乗り出してきた。

「毎日のように足繁く、太吉店に顔を出しているようでございます」

忠蔵が不安げに身を震わせた。

「いったい、何にこだわっておるのでしょうな」

治郎兵衛は腕組みをして渋い顔をした。

「その同心、噂通りの切れ者やとしたら厄介や。すでに何か、嗅ぎつけとるのかも知れんで」

世の中には天才というものがいる。その天才が何を考え、何に目を付けているのかなど、凡人には測り知れない。

さしもの治郎兵衛も、背筋のあたりに寒けを覚えた。

「とにもかくにも、金だけは耳を揃えておかなあかんのや」

八巻は恐いが、一万両がなければ掛屋の株を入手できない。

忠蔵も困惑顔だ。

「いかに取り計らいましょう。……やはり、付け火」

長屋一帯を焼け野原にしてしまえば、住人は避難するし、掘り出すのに邪魔な建物はなくなるしで一石二鳥だ。

しかし、南町の八巻が目を光らせているとあっては、たやすく事が運ぶかどうかはわからない。おそらく八巻は、太吉が殺された理由についてこだわっているのに違いないのだ。あるいはもしかしたら、「あの長屋が臭い。あそこに何かがあるのでは」などと思っているかも知れない。

治郎兵衛は、手下どもの手前、顔には出さなかったが、内心では大声で悪態をつきたい気分であった。

（どうにか、せなあかんわ）

江戸に下ってきてからツキに見放されている。ますます野壺（肥溜め）に深く嵌《は》まっていくような気分だ。

心を落ち着けさせようと、煙管を出して莨を詰めた。火をつけて一服したが、莨の味はまったく感じられなかった。

（こうなったら……）

三国屋の若旦那をかどわかすほうが先か。三国屋なら一万両ぐらいは出すかもしれない。

しかし、これまた危険な賭けだ。

（泥棒を捕まえてから縄をなうとはこのことやで）

まさに泥縄である。

それなら今回は引くべきか。いつもの治郎兵衛であったなら、ツキの巡りが悪いと感じた時には無理をしない。即座に引いて態勢を立て直す。

だが、掛屋の株が売りに出される好機など、そうそうあるものではない。しかもすでに勘定方の役人たちには賄賂の攻勢をかけているのだ。ここで諦めたら、それらの金が無駄になり、大坂における表看板の草津屋まで左前になってしまう。虎の子の草津屋が潰れたりしたら、なんのために今日まで危険な橋を渡ってきたのか、という話になってしまうのだ。

治郎兵衛はイライラと莨をふかし続けた。

五

それから二日ほど、何事もなく過ぎた。

太吉の長屋は、無事、お直に相続された。いずれは町役人の庄助の肝入りで婿を取り、その男が長屋の大家となるのであろう。

それはそれでめでたい話なのだが、そもそもの発端の、太吉殺しの調べがまったく進んでいない。

奉行所を出た卯之吉が、いかにも華奢《きゃしゃ》な若旦那らしい、頼りない足どりで歩いていると、後ろから銀八に呼び止められた。

「旦那、長岡町はこっちですぜ」

卯之吉の顔が向いているのとは別方向である。

「いいんだよ」

卯之吉は答えた。

「三国屋に寄るんだ」

「へぇ？」

「最近、懐が寂しくなってねぇ……」

派手に遊びすぎて、金がなくなったから実家に無心に行く、ということらしい。

幇間の銀八も、呆《あき》れてものが言えない、という顔をした。

卯之吉は放蕩では湯水のごとくに金を使う。金はいくらあっても足りないのだが、しかし、札差であり、両替商であり、高利貸しである三国屋は、金自体が金を生み出す仕組みになっているので、儲かって儲かって金の始末に困るほどに儲かっている。卯之吉が散財したぐらいでは焼け石に水だ。使っても使っても家の資産は一向に減らない。

卯之吉は、日本橋室町《むろまち》に入った。途中の店で笠を買って顔を隠す。この近在には卯之吉の顔を見知っている者が大勢いるはずだ。

しかしやはり、三国屋の放蕩息子と、町奉行所の同心サマが同一人物だ、などとは、常識に照らし合わせても有り得る話ではないのであるから、ちょっとぐらい顔を見られても、「よく似た人だ」ぐらいにしか思われない。

しかも、武士の髷は引っ詰めなので目尻や頬がピンと張る。嫌でもキリッとした顔つきになる。いつでも力なく薄笑いを浮かべている町人姿の卯之吉とは、少しばかり顔の印象が異なるのも事実であった。

ちなみに――、江戸には、毎回必ず同じ髪結いに髪を結ってもらわねばならない、という決まりがあったらしい。髪結いの癖によって、顔の表情や印象が一変してしまうからなのだという。

はたしてそんな決まりを守り通せるものなのか、江戸時代の全期を通じて守られていた決まりごとなのかはわからないが、髪の結い方ひとつで人の顔つきが変わってしまうのは事実なのであろう。

卯之吉は三国屋の暖簾《のれん》の前で立ち止まった。表店から入ると、ちょっと面倒な騒ぎになる。巻羽織姿の同心が商家に乗り込むなどというのは、よほどの事件が起こった時だけであるからだ。

卯之吉は裏路地に回った。勝手知ったる自分の家だ。放蕩若旦那時代にこっそり作った塀の隠し扉を通って、庭から奥座敷に入った。

座敷に無断で(といいつつ自分の実家だが)上がると、銀八に、「お祖父様を呼んできておくれな」と命じた。

銀八としては困った話である。奥から廊下を通って表店に出て、帳場に座っていた徳右衛門に背後から声をかけた。

当然、徳右衛門は驚いた。背後から近づく銀八の気配は感じていただろうが、番頭か手代だろうと思っていたのに、振り返ってみれば幇間だ。どうして自分の家の中から幇間が出てくるのか。

「あっ、お前は」

「へい、若旦那にご贔屓《ひいき》にしていただいてる銀八でございやす」

おかしな挨拶を交わして、とにもかくにも徳右衛門を奥座敷に連れ込んだ。

「やあやあ、これはこれは」

徳右衛門は座敷に飛び込んできて、卯之吉の顔を見るなり大仰な態度で歓喜を表わした。

両腕を伸ばしてドスドスと歩み寄ってきて、座敷の真ん中にピョコンと正座する。

「お祖父様、ご無沙汰いたしております」

卯之吉が挨拶すると、徳右衛門は、これまた大仰な態度と顔つきで遮った。

「いけませんよ、八巻様！　八巻様は町奉行所のお役人様！　この徳右衛門のような素ッ町人に頭など下げられてはいけませんッ！」

「はぁ」

徳右衛門は卯之吉を、床ノ間を背にして座り直させて、孫の目の前で深々と平伏した。

「南町奉行所のお役人様の八巻様。本日はようこそ、この三国屋においでくださいました」

卯之吉を無理やりに町奉行所の同心に仕立て上げたのは徳右衛門である。徳右衛門とすれば、可愛い孫の将来を慮《おもんぱか》ってのことだが、卯之吉にとっては有難迷惑、祖父の身勝手に感じられないこともない。

ごり押しで卯之吉を役人にした徳右衛門は、三ツ紋つきの黒羽織を着た我が孫を、うっとりと眺めている。

「いつ見ても、ご立派なお役人様だねぇ……。このところますます貫禄が出てきたようですよ」

いつでも福々しい笑顔だが、腹の底には常にドス黒い一物を抱えたような顔をしているのが徳右衛門だ。そんな祖父に無邪気で蕩《とろ》けるような眼差しを向けられるのは、ちょっと不気味な感じでもある。

それに、三国屋は江戸一番の札差で、主人の徳右衛門は勘定奉行とも対等に渡り合う豪腕商人だ。今の日本国を動かしているのは金の力、商人の力だ。武士の権威などには面従腹背《めんじゅうふくはい》を決め込んでいる。町奉行所の、たかが三十俵取りの同心などに下げる頭は持っていないはずなのだが、卯之吉に対してだけは別であった。

「八巻様、お疲れでしょう、ささ、御一服どうぞ」などと自らの手で莨盆など差し向けてくる。普段の傲岸不遜《ごうがんふそん》な徳右衛門を知る者がこの姿を見たら、びっくり仰天、腰を抜かしてしまうはずだ。

卯之吉もある意味で傲岸不遜な男なので、勧められるがままに莨を詰めさせてもらって一服つけた。

「ああ、これは……」

ケチで知られる徳右衛門だ。莨盆の引き出しには貧乏長屋の棒手振り《ぼてふ》でも吸わないような安物が入っていた。卯之吉は久しぶりに莨で噎せてしまった。

「どうぞ、もう一服」

「いいえ、もう十分……」

本心から断りを入れて莨盆を下げてもらった。

「して、八巻様、本日ご到来のご用向きは」

「ハァ、それなんですがね……」

さしもの卯之吉も言葉につまる。徳右衛門からは毎月十分なお金が送られてくる。それを全部遊興で使い果たしてしまったとは、いくら無神経な卯之吉でも口に出すのは憚《はばか》られた。

「それが、そのう……、実は、あたしはこの度、お役を言いつけられましてね」

「ほほう、どのようなお役目でございましょう」

「ハァ、実は、数日前、長岡町で殺しがありましてね」

卯之吉は太吉殺しの一件を語って聞かせた。

「それで、そのお調べを、あたしが受け持つことになったのですよ」

「ああ、なんと！」

徳右衛門はますます驚き、かつ、喜ばしい顔をした。

「つまりは、同心様として、一人前になった、ということとなのだね！」

「いや、それは——」

別の大事件が勃発し、人手がそちらに割かれた話をしようと思ったら、

「さいでがすよっ！　南町の八巻様といえば、今やお江戸で一番の評判同心様でございまさぁ！　琴《こと》之丞《のじょう》殺しの一件を見事解決、霞ノ小源太こと、町医者爛堂《らんどう》を捕縛したっていう切れ者だ。ええ、憎いよッ、この、辣腕《らつわん》同心サマッ！」

いつものように銀八が、極めつけに間の悪いヨイショを始めたものだから、話が一気にややこしくなった。

徳右衛門はホクホクと微笑みながら頷いた。

「さすがにお奉行様は人を見る目をお持ちだねぇ。あたしの卯之吉に、こんな大役を振ってくださったとは。有り難いことだ」

鬼商人の目にも涙。思わずホロッと溢れた目元を徳右衛門は袖で拭った。

「お前がこんなに立派になった姿を見ることができて、あたしはもう、思い残す

ことは何もないよ」

「いや、その……」

ヤンヤヤンヤとヨイショしまくる銀八と、感涙に咽《むせ》ぶ祖父を前にして卯之吉は、もはや何も言うことができなくなった。というか、なにか、物を言うのが面倒くさいという心境になってしまった。

「それでまあ、そのう、お金を……」

生活費だけもらってとっとと退散しようと思って切りだすと、

「ああ、お金！」

徳右衛門が爛々と両目を光らせて見つめ返してきた。

「そうでしょう、そうでしょうとも！　科人《とがにん》のお調べにはお金がかかると聞いています。あれでしょう、岡っ引きとか下っ引きとかを動かさなければならないのでしょう」

「はぁ？」

どうやら徳右衛門は、卯之吉が担当事件の探索費用を工面しにきたのだと勘違いしたようだ。

そう言われてみれば、確かに金はかかるのだろう。まったく頭になかったが。

「そうですね、お金が要ります」

卯之吉は初めて気づいてそう言った。

「そういうことなら、この三国屋徳右衛門にお任せくださいませ、八巻様」

自分の胸をドンと叩いて請け合って、徳右衛門は背後に首をよじって手を叩いた。

「これ、梅之助《うめのすけ》、梅之助はおらぬか」

すぐに手代が顔を出した。

「ああ、梅之助や、あたしの座敷の手文庫を持ってきておくれ」

かしこまりましたと答えて手代が下がり、すぐに両手で手文庫を抱えて持ってきたのだが、その手文庫というのがどう見ても千両箱より大きい。さらに重そうだ。どこからどう見ても金箱である。

手文庫とは手持ち金庫のような物で、鍵もかかる仕組みだが、しかし、こんな大きな手文庫は他にはないし、必要ともされないであろう。

徳右衛門は首から紐で下げていた鍵を出して、手文庫の蓋を開けた。「さぁどうぞ」と、蓋の開いた箱の口を卯之吉に向けて差し出してきた。

「ひゃあッ」

すっとんきょうな悲鳴を張りあげたのは銀八である。ふたつの眼を見開いたまま、瞬《またた》きもせずに固まってしまった。障子越しに射し込んだ陽光が手文庫の中身に反射している。銀八の間の抜けた顔を黄金色に照らしだした。

手文庫の中には小判がギッシリと詰まっていた。二十五枚ごとに帯封をされている。総額で千両以上は間違いなくある。

「さぁ、どうぞどうぞ」と徳右衛門は、卯之吉の膝元に押しつけてくる。さらには「足りない分は、八巻様のお屋敷に届けさせましょう」などととんでもないことを言い出した。

「いや、こんなには要りませんよ。……そうですね、それじゃ今回はこれぐらいで」

と言いながら無造作に小判の束を八つ、二百両分を次々と摑み取ったのだから、卯之吉も金を金とも思っていない。祖父と孫とで恐ろしい男たちだ。

「たったのそれだけでよろしいのでございますか、八巻様」

「まぁ、当座は」

「足りなくなったらいつでもお声を掛けてくださいましよ」

「ええ。足りなくなったら、……そうですね、この銀八に取りにこさせます」

銀八は悲鳴をあげて顔面を真っ青にさせた。

何百両もの大金を持ち運ぶお使いなどさせられては堪《たま》らない。辻斬りにつけ狙われたらどうしよう、とか、万が一落としてしまったらどうなるのか、など、不吉な想像を巡らせて生きた心地もしなくなった。

卯之吉は顔色ひとつ変えずに、鷲摑《わしづか》みにした小判の束を袂と懐に入れた。

と、その時、表店から番頭がやってきて、廊下で平伏した。

「なんだね」

徳右衛門がチラリと目を向ける。番頭は「はい」と平伏して答えた。

「大坂の、草津屋さんがお越しでございますが」

「草津屋さん？　ああ、あのお人か」

二日ほど前、なにゆえか突然に挨拶にきた商人だ。なにやら大坂で掛屋を営むつもりであるらしい。

「はい。掛屋の株の入手の件で、旦那様にご助力をお願いしたいとか、そのように仰《おつしや》っておられます」

「ふん、面倒な」

儲け話なら千里の道も厭《いと》わずに突進するが、人助けなどにはまったく心を動かされないのが徳右衛門である。

「どなたです」

卯之吉は祖父に訊ねた。商談があるのなら、自分はさっさと帰ろうと思ったのだ。

「大坂の商人で、草津屋治郎兵衛さんと仰る御方です。勘定奉行様に掛屋の株を下げ渡していただこうと、はるばる大坂から下ってまいられたのです」

「はぁ、掛屋。それはご大層な」

すると徳右衛門が、底意地の悪そうな顔つきで笑った。

「なぁに、たったの一万両で株を買おうとしているお人ですよ」

卯之吉も平然と受けた。

「一万両。それは安いですねぇ。よほどに小さなお店なのでしょうね」

「二万石程度の、木っ端《こぱ》大名の蔵屋敷を預かる掛屋ですよ」

いずれにしても、商談の邪魔をしては悪い。

「それではあたしはこれで」

卯之吉が腰を上げようとすると、徳右衛門が「ハッ」と表情を変えた。

「いやいや、八巻様、どうぞそのままで。……これ、何をしていますか。草津屋さんをこの御座敷にお呼びしなさい」

いったい何を企んでいるのか、急に愛想が良くなって、草津屋のために卯之吉の正面の座を開けた。自分は襖を背にした場所に移る。

卯之吉は、なにやら妙な按配になってきた、と思ったのだが、そこが生来の呑《のん》気者《きもの》である。相手が上方の商人だろうと臆するものではない。なるようになるさ、という気分で座っている。

畳廊下を摺り足で進む音が聞こえてきた。「こちらでございます」と番頭に先導されて、草津屋治郎兵衛がやってきた。

開け放たれた襖の、敷居の前で草津屋治郎兵衛は一瞬足を止めて、卯之吉の顔を凝視した。

もちろん、草津屋治郎兵衛の本性は盗賊の頭目。大坂の商人は仮の姿だ。町奉行所の同心は天敵である。黒巻羽織が目の前に現われたらギョッとするのは当然であろう。

徳右衛門は福々しい笑みを浮かべつつ、治郎兵衛に声をかけた。

「これは草津屋さん、ようこそお越しを。ああ。こちらは南町奉行所の同心様で、八巻様と仰います。手前どもとはずいぶんと懇意にさせていただいているお役人様なのでございますよ」

治郎兵衛の顔つきがさらに引きつった。実直な商人の仮面の下から、盗賊の素顔が微《かす》かに覗いた。

「……南町の八巻様？」

端整な顔だちの若い同心が、江戸一番の札差を下座に控えさせ、実に堂々たる物腰で、床ノ間の前に座っている。

（こいつが……）

思わぬところで出会うものである。治郎兵衛は、内心の動揺を押し隠しながら両膝を揃えて座った。

（それにしてもえらい貫禄や。あの三国屋徳右衛門に愛想笑いをさせるとは、これはタダモンやないで）

三国屋徳右衛門の傲岸不遜な性格は大坂の商人の間にも知れ渡っている。その徳右衛門がここまで遜《へりくだ》った態度をみせるとは。いったい八巻という同心は、どれほどの大物同心であるのか。

もちろん、治郎兵衛は卯之吉の顔を見知っている。しかし、吉原でも、深川の舟遊びでも、遠くから見ただけだった。無数の雪洞や提灯に照らされていたとはいえ、所詮は薄暗い蠟燭の明かりである。おまけに治郎兵衛は、年相応に視力が衰えている。明瞭に顔だちを見て取ることなど不可能だったのだ。

さらに言えば、人間には思い込みというものがある。三ツ紋つきの黒羽織を着けた同心と、遊里で放蕩三昧《ざんまい》をする若旦那が、実は同一人物だ、などとは想定できない。するほうがおかしい。

徳右衛門が不思議そうに草津屋を見た。

「おや、草津屋さんは、八巻様のことを御存知なので」

「え、ええ。はい、もちろんでございますとも」

治郎兵衛は、蕩けるような笑みを取り繕うと、畳廊下に両手をついた。

「お若いながら大層な切れ者とご評判の……。大坂から江戸に下ってすぐに手前の耳に入りました。左様でございますか、こちらが噂の八巻様。申し遅れました。手前が草津屋治郎兵衛にございます。どうぞ、お見知り置きくださいませ」

治郎兵衛は深々と平伏した。

扶持米《ふちまい》三十俵の同心風情にはもったいないほどの挨拶である。やはり治郎兵衛の心中には、江戸の悪党を震え上がらせている人斬り同心の、八巻卯之吉に対する畏怖《いふ》があったのであろう。

卯之吉は惚《とぼ》けた顔つきで小首を傾《かし》げた。

「あたしが評判？　そうですか……」

奉行所内ではいつまでも半人前以下の扱いなのだが。いったい、どこで誰が評判を立てているというのであろうか。

一方、徳右衛門はますます上機嫌である。

「ほう、もうお耳に達しましたか。いや、さすがに草津屋さんでいらっしゃる。お江戸のことならなんでも諳《そら》じられておられるのですなぁ」

可愛い孫を褒められ、しかも、世間から高い評価を受けている、などと聞かされ、天にも昇る心地だ。

「ああ、草津屋さん、どうぞお入りを。この八巻様はお心の広い御方です。どうぞどうぞ遠慮なさらず。ああそうそう、掛屋の株のお話でしたな。皆まで申されますな、万事、この三国屋徳右衛門が腹の内に納めましたよ。手前でよろしければ、いかようにも、お力をお貸しいたしましょうとも」

ケチで心が狭いことでも江戸随一の徳右衛門が、文字通りの太っ腹を揺らしながら請け合った。

話がトントン拍子に進みすぎて、草津屋治郎兵衛のほうが視線を彷徨《さまよ》わせたほどであった。三国屋の内情や、用心棒の数などを探るため、治郎兵衛自らが乗り込んだのだが、こんなに上手く話が進むとはどういうことか。

結局、卯之吉は、「お近づきの印に」と草津屋からも十両ばかりもらった。二百十両を懐にして組屋敷に戻った。これだけあればしばらく遊興に耽《ふけ》ることができるのだが、村田から言いつけられた役目があった。

「とはいえ、どうやって探りをいれたらいいものかねぇ」

太吉殺しの探索は完全に、暗礁に乗り上げている。所詮はまったくの素人だ。

卯之吉は空を見上げたのだが、あまりに空が青かったので、その美しさに見とれてしまい、ため息をつく代りに心地よく深呼吸をしてしまった。

第四章　卯之吉誘拐

一

深川の堀端に瀟洒《しょうしゃ》な小料理屋が建っている。いくつもの小部屋に区切られていて、それぞれの建物が独立しており、門から通じる小道も塀で仕切られて、客同士が顔を合わせずとも通える構造になっていた。

ここは知る人ぞ知る陰間《かげま》茶屋である。美しい美少年たちが侍《はべ》っていて、同性愛の男がその若衆たちを買う。稀には男に飢えた女客が遊びに来ることもある。

いずれにしても外聞の良い話ではない。陰間茶屋に出入りする客たちは、皆、異様なまでに他聞を憚《はばか》り、人目を気にしていたのである。

夜霧の一党の小頭の忠蔵と、蛇ノ平三は、陰間茶屋の暖簾《のれん》をくぐると、美しい若衆の案内で奥の離れ座敷に入った。

座敷の中は出合い茶屋とさして変わらぬ造りだ。忠蔵と平三は差し向かいに座った。酒と料理を用意させると、賄《まかな》いの若衆に一朱ばかりを握らせた。

「後は俺たちだけでやる。座敷には近寄らないでくれ」

陰間茶屋には男の二人連れでやって来て、男同士でしっぽりと濡れる客たちもいた。男同士でそういう行為のできる場所は限られているので、陰間茶屋の座敷は重宝されていたのである。

「どうぞ、ごゆっくり」

若衆はほんのりと微笑むと、心得きった顔つきで下がっていった。

「チッ、気色悪いったらねぇぜ」

忠蔵が悪態をついた。

「あの女形《おやま》野郎に俺たちがそういう仲だと見られているのかと思うと虫酸《むしず》が走るぜ」

胡座《あぐら》をかきなおして手酌で酒を注ぐ。治郎兵衛の前では誠実な小頭を装っている忠蔵だが、その本性は荒くれ者の盗人以外の何者でもない。一党の隠れ家として讃岐屋を任されているが、商人のふりをさせられることにも飽き飽きしていた。

「おう、お前《め》ェもやりねぇ」

銚釐《ちろり》の注ぎ口を平三に向けた。平三は盃を差し出して受けた。

「頂戴いたしやす」

「しかし平三よ、なんだってこんな所に俺を呼び出したんだえ」

「へぇ。お頭の目がどこで光っているかも知れねぇですからね」

「だからって陰間茶屋ってことはないだろう」

すると平三は薄い唇の端を歪めて笑った。

「男が二人、人目を憚りながらやって来ても、ここなら疑われることはねぇんでさぁ。コソコソと話をしていても、誰も気にはいたしやせん」

「なるほどな。悪事の相談をするにはうってつけ、というわけかい」

「へへっ、左様で。あっしと小頭が密会しているということが、お頭の知るところとなったとしても、理《わり》ない仲になっていた、ということにしておけば、二人きりで会っていた言い訳にもなりまさぁ」

「それはそれで冗談じゃねぇなぁ」

忠蔵は困惑顔で苦笑いした。

二人はしばし、盃を交わしあった。

「それで。いってぇなんの話だ」

忠蔵が切りだすと、平三は座り直して「へい」と答えた。

「一万両の分け前の件ですが、お頭はなんと仰《おっしゃ》ってるんで」

「その話だけどな」

忠蔵も渋い顔つきで盃を呷《あお》った。

「お頭はあの一万両を、大坂の商いのために使うつもりだぜ」

「なんですって」

「草津屋が掛屋《かけや》になったら、俺たちのことも相応に面倒をみてやる──とか抜かしてやがったがな、冗談じゃねぇ。俺は商人になりたくてこの世界に踏み込んだんじゃあねぇぜ」

「あっしも同じでさぁ。大坂で店前の掃き掃除なんかやらされるのかと思っただけで腸《はらわた》が煮えくり返りやす」

「俺もな、治郎兵衛に言いつけられるがままに讃岐屋を預かってはきたが、商人は性に合わねえと心底から思い知らされたぜ。あんな店でもたまには客が入ってくらぁ。愛想笑いしてヘコヘコと頭を下げにゃならん俺の身にもなってみろってんだ」

「へい。お祭し申し上げます」

「それもこれも、一万両の分け前がもらえるまでの辛抱だ、と自分に言い聞かせてきたが、もう我慢も限界だぜ。これからは掛屋の番頭だ、などということになってみろ。気が狂うぜ」

「まったくで」

忠蔵は苛立《いらだ》たしげに煙管を出して咥《くわ》えた。

「五年前ェ《め》の俺は、確かに、治郎兵衛の言いなりにならなきゃ何もできねぇ半人前だった。しかしもう、五年前ェとは違うぜ」

「仰る通りで兄ィ。兄ィは大親分の貫禄十分でさぁ」

「嬉しいことを言ってくれるじゃねぇか」

「一党の者どもも、治郎兵衛ではなく、忠蔵のお頭につくに違《ちげ》ぇありやせんぜ」

するると、忠蔵の顔つきがにわかに曇った。

「だが、ムササビの太吉は最後まで治郎兵衛に心を寄せていたぜ」

「あの爺《じじ》ィは、歳をとって平穏な暮らしに色気が出たのに違ぇありやせん。爺ィめ、大家暮らしと治郎兵衛からの小遣い銭だけで満足しちまうなんて、焼きが回ったとしか言いようがねぇ」

「まったくだ。焼きが回ったとは言い得て妙だぜ」

「あっしは違いますぜ。もっともっと面白おかしい暮らしがしてぇんで」

「俺もだよ」

「治郎兵衛が分け前を渡さねぇってのなら、あっしらで奪い取ってやりやしょうぜ」

　平三は勢い込んだ。この種の人間の通例で、自分にとって都合好く事が運ぶようにしか考えていない。

「まぁ、待て。太吉の長屋にゃあ何十人もが住み暮らしている。おまけに南町の八巻が目を光らせていやがるんだ。ちょっとやそっとじゃ掘り出せねぇぞ」

「治郎兵衛はなんと言っていやがるんで」

「付け火だとかな」

「付け火？　しかし、付け火となれば油ぐらいは撒《ま》かなくちゃならねぇ。夜中に油の壺なんか運んでいたら、町方や火盗改にとっ捕まりますぜ。治郎兵衛には何か、良い思案があるんですかえ」

「分からねぇ。だが治郎兵衛のことだ。上手い思案があるのに違ぇねぇ」

治郎兵衛が、自分たち小悪党とは違い、頭が良いことだけは、認めている。

「なら、治郎兵衛が掘り起こした後でいただき、ということですな」

「まぁ、それが一番だろうな。……その治郎兵衛だが、三国屋の若旦那を拐《かどわ》かす腹づもりのようだぜ」

「なんですって！」

「大きな声を出すない。三国屋の若旦那を拐かして身代金を要求する。相手は江戸一番の札差だ、町方の役人どもも目の色を変えるに違ぇねぇ。南の八巻も太吉殺しの調べどころじゃなくなる。役人どもは雁首揃えて掛かりきりだ。そうやって役人どもをおびき出しておいてから、その隙に火を放って――、という算段かもしれねぇな」

「なるほど、考えやしたね」

「あわよくば、一万両の隠し金と身代金だ。一石二鳥だぜ。畜生、治郎兵衛め、上手いこと考えやがる」

結局のところ人間は『人を使う者』と『人に使われる者』の二種類に分けられてしまうのだ。人に使われるだけの能力しかない者は、頭分の下でこき使われる人生を送るより他ないのであろう。などと、治郎兵衛に使われている忠蔵ですら思ってしまうのだから始末に困る。

「そんなら身代金と隠し金を両方とも頂戴するまでですぜ」

蛇ノ平三は、あくまでも呑気《のんき》にせせら笑った。


悪党二人が密談を交わす離れ座敷の隣で、大柄な浪人者が大の字になって高鼾《たかいびき》をかいていた。

「弥五《やご》さん、弥五さんったら、ちょっと、起きとくれよぅ」

美しい若衆の、声変わり前の美声で揺り動かされて、水谷弥五郎《みずたにやごろう》は重い瞼を開けた。

「う……、なんだ。飯の時間か」

寝ぼけ眼を擦《こす》りながら、うっそりと起き上がる。黒々とした剛毛の髪を大髻《おおたぶさ》に結い上げ、月代《さかやき》は伸び放題、無精髭も生やしたむさ苦しい姿だ。巌《いわお》のように頑丈な体軀《たいく》に黒く煤《すす》けた小袖と袴を着けている。その格好で大の字になって惰眠を貪っていたのである。

偉丈夫である。身の丈は六尺ほどもある。上半身だけ起こして大胡座《あぐら》をかき、あくびを洩《も》らした姿が熊にそっくりだった。

水谷弥五郎は典型的な浪人剣客である。博徒の一家の食客になったり、豪商の用心棒を勤めたりしている。

傍《かたわ》らには長刀が転がっている。並の膂力《りょりょく》では振り下ろすどころか、構えていることすら難しそうな大太刀だ。身幅もぶ厚い豪刀を力に任せて振り回し、当たるを幸い敵をなぎ倒す、そんな剣術を得意とする豪傑なのである。

「ああ、喉が渇いた。焼けるようだ。水を一杯もってきてくれ」

水谷弥五郎は、まだ目が覚めきっていない口調で若衆に頼んだ。

「あんなに酒を飲むからだよ」

若衆はブツブツ言いながら座敷を出た。

水谷弥五郎は、凶悪な人斬り剣客として鳴らした男であったが、唯一の弱点はその若衆好きにあった。とにかく、美しい少年に目がないのである。

剣の腕前は折り紙付きで、侠客の親分からも、豪商連からも、重宝に使われている。用心棒の手間賃もそこそこ稼いでいるはずなのだが、すべて陰間買いに注ぎ込んでしまうのである。

ここのところ執心《しゅうしん》しているのが、この陰間茶屋の由利《ゆり》之丞《のじょう》である。陰間は副業で、本業は歌舞伎の市村座に籍を置く若衆方の役者だ。もっとも、役者としてはさっぱり芽が出ないので、もっぱら陰間勤めばかりをやっていた。

　由利之丞が小桶に水をいっぱいに汲んで戻ってきた。

「どうしてこんなに」

「『いっぱいもってきてくれ』って言ったじゃないか」

　いっぱいの意味を取り違えたようだが、弥五郎はかまわず、桶ごと口をつけて水をガブガブと飲み干した。結局のところ、いっぱいもってきて正解だったようだ。

「ふうーっ。目が覚めたぞ。して、なんの用だ」

「ああ、それなんだけどさ、今、奥の座敷に怪しい客が来てるんだよ」

「陰間茶屋の客など、怪しい者に決まっておろう」

「そういう怪しさじゃなくてさ、なんというか、臑《すね》に傷をもっていそうな連中なんだよ。どんな悪巧みをしているか分かったもんじゃない」

「だからどうした」

「うちのお店を足掛かりにして、悪事を働かれたりしたら困るじゃないか」

　陰間茶屋はお世辞にも良い風紀ではない。石頭の役人たちは隙あらば取り潰してくれようと狙っている。悪事の関わり合いになったりしたら、これ幸いと取り締まりの手を伸ばしてくるに違いないのだ。

「だからさ、どんな密談を交わしているのか、こっそりと聞き出してやろうと思っているのさ。でも一人じゃ怖いよ。弥五さんも一緒に来てくれないだろうかねえ」

料亭や茶屋の座敷には、店の者が客の会話をこっそりと盗み聞きするための隠し部屋が作られていることがある。茶屋や料亭は弱い立場の仕事だ。自衛のための用心であった。

どうやら由利之丞は、これからその隠し部屋に潜り込んで、怪しげな客たちが何の相談をしているのか盗み聞きしてやろうと考えているらしい。茶屋の主人に命じられたのかもしれない。

話を呑み込んだ弥五郎は、大きな手で顎を撫《な》でた。

「用心棒はわしの稼業だ。頼まれれば嫌とは言わぬが、しかし、わしの用心棒代は高いぞ」

「えっ」

弥五郎はむさ苦しい髭面を歪めて笑った。

「冗談だ。このわしが、由利之丞の頼みを聞かぬわけがあるまい」

「ワァ。やっぱり弥五さんは頼りになるお人だねぇ」

最愛の若衆にしなだれかかられ、弥五郎は厳めしい髭面をだらしなく緩めた。剣客相手の勝負では、一睨《ひとにら》みしただけで相手を竦《すく》ませるほどの強面《こわもて》なのに、若衆の前ではまったくもってだらしがない。

二人はこっそりと座敷を抜け出ると、問題の離れ座敷の裏手に回った。由利之丞が外壁に作られた隠し扉を開ける。二人は狭苦しい隠し部屋に入った。

床ノ間に作り付けの彫刻の一部分が覗き窓になっている。屋内の明かりが漏れていた。

弥五郎は即座に異常を嗅《か》ぎ取った。この座敷にいる男たちは念友（同性愛者）ではない。艶冶《えんや》な息づかいが感じられない。

見た目が強面でも、実は念者という者はいる。そういう男たちはいざその場に臨《のぞ》むと、外見とは似ても似つかぬ艶《なまめ》かしい息づかいをするものだ。

（なるほど、こいつは怪しい）

同性愛者でもないのに、どうしてわざわざ陰間茶屋などに足を運んできたのか。

弥五郎はさらに耳を澄ませた。そして愕然《がくぜん》とした。

座敷の二人はなんと、三国屋の卯之吉を拐かす計画を練っていたのである。

（これは……！）

水谷弥五郎は、江戸に出てきてからしばらくの間、三国屋で用心棒をしていた。剣の腕前を主の徳右衛門に見込まれて、同心になった卯之吉の身辺警護を頼まれたこともあったのだ。

宮地芝居の琴之丞殺しに関わったせいで、同心の卯之吉には殺し屋が放たれた。その殺し屋を返り討ちにしたのが弥五郎である。弥五郎の仕事はあくまでも裏稼業なので、その事実は秘されて「殺し屋を返り討ちにしたのは卯之吉だ」ということになった。裏社会で流れている『人斬り同心の八巻卯之吉』『凄腕《すごうで》剣客同心の八巻卯之吉』という評判の正体がこれである。

そして今度もまた、卯之吉がらみの事件の渦中に引きずり込まれそうになっている。

（なんという腐れ縁だ）

水谷弥五郎は思わず嘆息をもらしてしまった。

「おや」

さすがに悪党だ。座敷の中の男が弥五郎の気配に気づいた。

由利之丞に肘でつつかれる。弥五郎は息をひそめて身を縮めた。

「今、なにか物音がしたようだったが」

「そうですかい？　あっしにはなにも」

「鼠かな」

座敷の二人は再び酒宴に戻った。

そのあとは、岡場所の女がどうしたとか、夜鷹がどうとかいう下世話な話になった。犯罪の密談は終わったらしい。由利之丞と弥五郎は隠し部屋から出た。

「驚いたね。まさか拐かしを企てていたなんてさ」

「うむ。お前の眼力もなかなかのものだな」

「まぁね。こんな稼業を続けていると、客を見る目が肥えてくるのさ」

若い由利之丞は謙遜もせずに高い鼻筋をツンと上に向けた。

二人は庭の小道を伝って、自分たちの座敷に戻った。弥五郎は、冷えた酒をグイッと呷った。

「それで、どうしようね、弥五さん」

「どうするもこうするもあるまい。上手く事を運べば大枚の礼金をせしめることができるぞ」

お金大好きの由利之丞が破顔した。

「そうこなくっちゃ！　三国屋さんに乗り込んで、ことの次第を伝えるんだね」

「まぁ、そうだ。ついでに卯之吉を拐かしにきた悪党どもを退治してくれよう。礼金は思いのままだぞ」

「嬉しいねぇ。あたしも一枚噛ませてもらうよ」

「この店の主人には伝えずとも良いのか」

「親爺さんに伝えても町奉行所に通報するだけだろ。あたしにゃ小遣い銭も出やしない。それより弥五さんと一緒に働いたほうがいいや」

こんな優男《やさおとこ》の若衆など、足手まといにしかなりそうにないが、しばらくはただで一緒にいられると思い、弥五郎はますます笑み崩れた。

由利之丞のほうから一緒にいたいと言われたのはこれが初めてだったのである。

二

卯之吉は、祖父の徳右衛門に呼び出されて、向島《むこうじま》にある三国屋の寮に向かった。日本橋の三国屋に呼び出されなかったのは、さすがに人目を気にしているからであろう。傲岸不遜《ごうがんふそん》な徳右衛門としても「金の力で放蕩者《ほうとうもの》の孫を同心に仕立て上げた」などとは噂されたくないのに違いない。

などと取り留めもなく考えながら卯之吉は寮の門をくぐった。

「おや、水谷様」

別宅の玄関の前に全身真っ黒の浪人剣客が立っている。いつもながらのむさ苦しさだが、最近めっきり寒くなったので、夏場ほどの暑苦しさは感じずともすんだ。

「三国屋《うち》の用心棒をなさっているのですかえ」

すると水谷は、分厚い胸板を誇らしげに反りかえらせた。

「今回はお主にとって耳寄りな話を持ち込んできてやったのだ。フフフ……」

卯之吉の耳元に口を寄せて、

「礼金のほうはよろしく頼むぞ」

と囁《ささや》いた。

「はぁ」

卯之吉が不得要領の顔つきでいると、別宅の中から徳右衛門がすっ飛んできた。

「これはこれは八巻様。ようこそお越しを」

いつものように気ぜわしい態度だ。卯之吉は別宅に引っ張りあげられた。

「それで、どういったご用件ですかね」

徳右衛門と水谷弥五郎を下座に控えさせて（傍目《はため》には）傲然《ごうぜん》と床ノ間を背にして座る。左腕の袖をチラッとめくって細い腕をだし、煙管を軽く構えた姿が様になっていた。

「うむ、実はな……」

水谷弥五郎は、朴訥《ぼくとつ》とした口調で、先日盗み聞きした事の次第を語った。弁の立つほうではないし、陰間茶屋の馴染みであることは秘しておきたいらしく、要領を得ぬ話ぶりだったが、どうにかこうにか、話の内容が伝わった。

「はぁ、つまりはあたしが狙われているというわけですね」

「そういうことだな」

「ふ〜ん」

卯之吉は両腕を広げると、両手の指で左右の袖口を摘《つま》んで、布地をピンと引っ張って伸ばした。自分の両腕と胸元に視線を落とす。

「三つや五つの子供ならともかく、こんなに大きくなった男を拐かすとは。呆《あき》れた話もあったものですねぇ」

「相手は悪党どもだ。その気になれば武士の大人でも拐かすぞ」

「はぁ、なるほど。それじゃあせいぜい気をつけることといたしますよ」

話はそれだけか、と思った卯之吉が腰を上げかけると、慌てて徳右衛門が這い寄ってきて、卯之吉の膝に縋《すが》りついた。

「お待ちなさい。まだ話は終わりではありませんよ」

卯之吉は座り直した。

「と、仰いますと」

徳右衛門は卯之吉の手を取ると、両手で包み込んで、下から斜めに卯之吉の顔を見つめ上げてきた。その表情は意味ありげに笑み崩れ、両目はキラキラと輝いている。

「お手柄を立てる好機ですよ、八巻様」

「どういうことです？」

「悪党どもに拐かされそうになった、手前どものところの卯之吉を、同心の八巻様がお救いくださるのです。悪党どもを返り討ちにして一網打尽。またしても八巻様の大手柄！　江戸市中に八巻様の御尊名が轟《とどろ》き渡るに相違ございません」

なにがなにやらさっぱり分からない。

達者とはいえ徳右衛門ももう七十に近い。いよいよ頭がボケてきたのかと心配になった。

ところが徳右衛門の知性はまったく陰りもなく、若い頃と同様に明敏そのものの絶好調だったのである。

「まぁ、お聞きくださいましよ」

徳右衛門は、おのれが立てた策謀を得々と披露しはじめた。


それから、五日ほどが過ぎた。

卯之吉はいつものように同心詰所の長火鉢の前に座り、せんべいなど齧《かじ》りながら渋茶を喫していた。

他の同心たちは慌ただしく奉行所の門を出入りしている。やがて、人一倍足音も荒立たしく、筆頭同心の村田銕三郎がやって来て、ドンッと腰を下ろした。

「ちっくしょうめ、皆目見当がつかねぇ」

南町の三廻同心たちは、かかりきりで夜霧ノ治郎兵衛一党を探索していた。しかし、いまだなんの手掛かりも得られない。

「おう、そっちはどうだ」

村田は尾上伸平に訊ねた。尾上も芳しくない顔をしている。

「なんの噂すらも聞こえてきません。天に昇ったのか、地に潜ったのか」

まさか、その盗人が日本橋を拠点にして勘定奉行所の役人を接待している、などとは思わない。盗人が身を潜めそうな場所ばかりを探っていたので、まったく手掛かりを得ることができずにいたのだ。

尾上は精根尽き果てた、という顔をした。

「本当に江戸に入ったんですかねぇ。その密偵の見間違いということも……」

「だが、その密偵は、治郎兵衛の後を尾《つ》けると言い残して消えちまったんだぜ。尾行がバレて治郎兵衛に始末されたとしか思えねぇ」

「まぁ、そうですかね……」

「なんだよお前、もう泣き言か？　この探索から手を引きてぇってのかい」

「と、とんでもない」

村田銕三郎のお小言はしつこくて長い。いったん始まったらなかなか解放してもらえない。尾上は慌てて立ち上がった。

「それでは、頑張ってもう一回りして参ります！」

村田になにか言われるより先に、刀掛けの刀を摑《つか》み取って走り出ていった。

「チッ、どいつもこいつも」

村田は苦み走った顔つきに、さらに苦みを走らせた。

ふと目を上げた視線の先に卯之吉がいた。コイツでもいじってやるか、などといったんは思ったものの、辣腕《らつわん》同心の村田銕三郎にとっても卯之吉は、一種摑み所のない相手である。うっかり関わると調子を狂わされてしまう。村田にとっては珍しいことに「苦手な相手」となりつつある。

それでも、筆頭同心として、聞くべきことは聞いておかねばならない。

「おう、ハチマキ。長岡町の大家殺しの一件はどうなったぃ」

卯之吉は情けなさそうな（と言っても村田から見れば、いつでも気の抜けた情けない顔つきをしているのだが）顔をした。

「さっぱりです。なんの手掛かりも浮かんできませんね」

卯之吉は怠けているわけではない。『現場百回』の標語を守って毎日のように足を運んでいたが、やはり素人同然の見習い同心である。事件の核心に触れそうなことは、さっぱり何も見えてはこなかった。

「そうかえ。行きずりの強盗の仕業かもな。怨恨《えんこん》やなにかが絡んでいねぇと、下手人を上げるのは難しいぜ」

通り魔的な犯罪者を逮捕するのは、いつの時代でも難しい。

それでも村田は、「じゃあ、その件はもういいぜ」とは言わなかった。卯之吉に任せられるような仕事が他になかったからである。なにか仕事を与えておかなければ卯之吉は、一日中でも火鉢の前に座っている。それよりはまだ、無駄な探索に関わらせているほうがマシというものだ。

「それじゃあ、あたしはそろそろ帰ります」

七ツ（午後四時）の退勤時間になった。卯之吉は腰を上げた。

詰所を出たところで、銀八に声をかけられた。

「若旦那、若旦那」

いつも剽軽《ひょうきん》な顔をしている幇間なのに、今日だけは決死の表情だ。

「なにかあったのかい」

「へい。水谷の旦那からの繋《つな》ぎでさぁ」

紙縒《かみこよ》りにしたためられた文面を差し出す。卯之吉は一読した。

「なるほど、今夜あたり三国屋の若旦那が攫《さら》われそうなんだね」

「どうしやすんで」

「そりゃあ、捕縛に向かわなくちゃぃけないだろうよ。なんたって狙われているのはあたしなんだ。悪党どもを捕まえないことには、おちおちと遊びにも出られやしない」

「へい」

なんだか妙な話になっている、と思ったのは、銀八も卯之吉も一緒であった。


夜、讃岐屋の二階座敷に、夜霧の一党が集められた。

百匁《もんめ》の大蠟燭《だいろうそく》が立て並べられた中に、治郎兵衛が手書きの地図を広げた。

「ようく頭ン中に叩き込んでおくんやで」

治郎兵衛は火箸を一本取り、その先端で地図を指し示した。

「これが卯之吉が贔屓《ひいき》にしている料亭の『田嶋屋《たじまや》』や。ヤツはここのところ、毎日のようにここに通ってきよる」

一党の者たちはこの五日ほど、ひたすらに三国屋の卯之吉の行状を探っていたのだ。そしてあらかたの行動は掴んだ。今夜もこの料亭を訪れるのに違いない、という確信を得られるまでになった。

蛇ノ平三が下品な薄笑いを浮かべながらくちばしを挟んできた。

「馴染んだ芸者でもいるんですかね」

「辰巳《たつみ》芸者の菊太郎《きくたろう》ゆう女に岡惚れしとるようや」

期せずして一同がため息を洩らした。辰巳芸者の菊太郎姐《ねえ》さんといえば売れっ子芸者番付の頂点にいる。座敷に呼ぶだけでも大枚が必要なのに、それを馴染みにしているとは驚かされる。よほどの大金持ちにしかできない遊興だ。

蠟燭の炎が揺れて、治郎兵衛の顔に黒い影を作った。

「いい気ンなって遊んでいられるのも今夜限りや。『江戸一番の札差だ』などとそっくり返っとるガキめに、一丁世間の恐ろしさを思い知らせてやらなあかん」

「へい」

手下どもが声を揃えた。治郎兵衛はあれこれと指図して、卯之吉を拐かす算段を教えた。

「帰り道を襲うんや。野郎は駕籠《かご》を使いよる。お供は銀八ゆう表六玉だけや」

治郎兵衛は火箸の先で、地図の一点を指し示した。

「ここや。寺町で回りに人家はない。薄暗い場所や。ここで佐久田さんに斬り込んでもらう。駕籠かきどもは叩き殺したってかまわん。どないや、佐久田さん」

佐久田は無表情な顔つきで頷《うなず》いた。無関心でやる気がなさそうに見えるが、それはいつものこと。いざ凶刃を振るう段となるとおぞましい働きをみせる。

「佐久田さんが当て身を食らわした卯之吉を、忠蔵と平三が運ぶんやで」

治郎兵衛は、拐かした卯之吉をいかにしてここまで運んでくるかを説明した。

「と、こういう段取りや。今夜、帰り道を襲うで」

「へい」

「三国屋の身代は江戸一番や。身代金も数千両は堅いでぇ。大仕事や。抜かるんやないで」

平三は微妙な顔をした。どうせ、奪い取った金が配下の者に分けられることはないのである。大坂の草津屋の身代を太らせるためだけに使われるのだ。

そのためにこっちは危ない橋を渡らされる。にもかかわらず、ちょっと小博打を打つ、女郎を買う、その程度の小遣い銭すら渡してもらえない。

やはり、このシブチンの大坂商人気取りにはついてゆけない。

(思い知るのは手前《てめ》ェのほうだぜ、治郎兵衛)

平三は顔を伏せたまま険悪に笑った。

三

いつものように盛大に祝儀をばらまいた三国屋の若旦那は、芸者衆や料亭の主人、奉公人、料理人にまで見送られて表に出た。

「それじゃあ、また寄らせてもらうよ」

余裕たっぷりに挨拶をして、店の前につけられた駕籠に乗り込む。お供の銀八がその後ろについた。

「やっておくれ」

「へい」と答えて駕籠かきが駕籠を担ぎ上げた。店の者たち総出の見送りを受けて、駕籠は夜道を走りはじめた。

その様子を物陰から、夜霧の一党の伝五郎と仲吉が見守っている。

「出てきやがったな、おい、仲吉、繋ぎだ」

「兄ィ、合点でやす」

仲吉が身を翻《ひるがえ》して闇の中に消えた。先回りして仲間に知らせに走ったのだ。

仲吉は夜目が利くうえに身が軽い。『鵺《ぬえ》小僧仲吉』などと通り名を自称している。が、まだ悪党として小者なので、誰もその名で呼んではくれないわけだが。

江戸には至る所に神社や祠《ほこら》がある。伸吉はそのうちのひとつに飛び込んだ。

「佐久田の旦那」

佐久田は長刀を抱いて祠の前の石段に黙然《もくねん》と座っていた。眠っているかのように見えたが、無言で目を開いた。

「さすがは佐久田の旦那だ。これから拐かしだってのにえらい落ち着きぶりですぜ」

「世辞などいらぬ。ヤツは」

「へい、たったいま料亭を出やした。手筈通りに願いやす」

「わかった」

佐久田は再び目を閉じた。

伸吉は別の場所へと走る。そこでは忠蔵と平三が、卯之吉を入れて運ぶ大きな樽を用意して待っていた。


エッホエッホと掛け声とともに駕籠は進む。道はますます寂しく、闇の深い場所に差しかかろうとしていた。

この時期の深川は、まだまだ人家の乏しい僻地《へきち》である。お決まりの七不思議など怪談の舞台になっているほどに寂しい。そういう場所であるからこそ、悪所や遊里の営業が許されているわけである。

月もなく、頼りとなるのは駕籠の先にぶら下げられた提灯《ちょうちん》だけだ。夜風が冷たく身に沁みる。銀八はブルッと身震いをした。

「だ、大丈夫ですかねぇ、若旦那。ますます剣呑《けんのん》な空気になってきましたでげすよ」

首を竦め、腕を袖の中に引っ込めて、オドオドと周囲に視線を向けている。いつも滑稽な足どりなのだが、今はさらにおかしな行歩になっている。地に足がついていない。

「しっかりおしよ」

駕籠の中から叱られた。

「でもねぇ、あっしは暗い夜道ってヤツが、どうにも苦手なんでげす」

駕籠の中から失笑の気配が漏れてきた。

「太鼓持ちが、旦那の夜遊びのお供をするのを怖がっていてどうするのさ」

「へぇ、面目ねぇ話で」

しかも最近の銀八は、同心八巻卯之吉の手下としても働いている。岡っ引きの親分さんと呼ばれても不思議ではない身分だ。それなのに夜道が恐ろしいでは話にならない。

なにか喋っていないと不安で仕方がない。銀八は、面白くもない噂話を取り留めもなく喋り続けた。否、銀八が誰かから聞かされた時点では、面白おかしい話だったのである。ところが銀八が喋ると、どんな面白い話でも途端につまらなくなってしまうのだった。

駕籠は名もない神社の前に差しかかった。鬱蒼《うっそう》と暗い杜《もり》の影が道の上まで覆い被さっている。周囲も寺町、道の反対側は掘割に面していて人の気配はまったくない。

「あっ」

駕籠の先棒担ぎが悲鳴をあげた。闇の中から大きな黒い影がうっそりと出現したのだ。

「つ、辻斬り！」

駕籠かきたちは常々、犯罪に巻き込まれることを覚悟し、想定しながら仕事をしている。まったく油断していないのでこういう時には反応が早い。駕籠を放り出すと即座に逃げ散ってしまった。

銀八だけがその場に取り残された。

「若旦那！　若旦那！」

そこは幇間としての職業意識であろう。道の真ん中に放り出された駕籠にとりついて脇の垂れを捲《めく》りあげた。

「こっちでげす。早く！」

若旦那の華奢《きやしや》な身体を引きずり出して、腕を引っ張りながら神社の境内に逃げ込んだ。辻斬りの黒い影は悠々と後を追ってきた。

幇間と若旦那は「ハァハァ」と喘《あえ》ぎながら境内を突き抜けようとした。

ところが、

「おっと、逃がしやしねぇぜ」

黒い布でほっかむりをした男が二人の前に立ちはだかった。仲吉である。若々しい体軀で、いかにも敏捷《びんしよう》そうだ。右に左に逃げまどう若旦那と幇間の前に両腕を広げて立ちふさがりつづけた。

背後の辻斬り——佐久田も追いついてきた。挟み打ちだ。逃げ場はない。若旦那と銀八はヒシッと抱き合って悲鳴をあげた。

「お主たちに遺恨はない。これがわしの稼業なのだ。悪く思うな」

そう言うと佐久田は腰の刀を抜いた。闇の中でもなお、研《と》ぎ澄まされた刀身がギラリと光って見えた。

「ひぃぃぃぃッ」

若旦那と幇間は意気地なく腰を抜かす。二人してその場に尻餅をついてしまった。

佐久田が刀を振りかぶる。頭上でカチャッと刀身を返した。峰打ちで失神させて生け捕りにしようという魂胆である。にもかかわらずおぞましい殺気をムンムンと発散させている。高々と振り上げられた刀身に斬撃《ざんげき》の気が漲《みなぎ》った。

と、その時、

「ムッ？」

佐久田はなにかに気を取られ、咄嗟《とっさ》に足を踏み替えた。大上段に振りかぶっていた刀を身体の正面に戻す。そして空中の何かを打ち払った。

ガチンと音がして、石塊《いしくれ》が佐久田の足元に転がった。佐久田に向けて投げつけられたものらしい。

「何奴ッ」

境内の闇に向かって誰何《すいか》する。すると、木立の中から黒い人影がユラリと現れた。

「南町奉行所同心、八巻、見参」

「何ッ」

佐久田が猪に似た顔貌《がんぼう》を険しく顰《しか》めさせた。

生け捕りにせねばならない若旦那のことなど放置して、闇の中の影に向き直る。「予定通りに若旦那を失神させてから対処しよう」などと都合の好いことを考えられる相手ではない。わずかでも気をそらせれば即座に斬りこまれる。そんな鋭い気迫を感じさせている。

仲吉もびっくり仰天して飛び退《の》いた。

「南町の八巻だと！」

そう叫びかけた直後に「グフッ」と低い声で悲鳴をあげて、首から上を斜めに傾《かし》げさせた。八巻を名乗った男が投げつけた石塊が、仲吉の側頭部に命中したのだ。

仲吉には佐久田ほどの武芸はない。闇の中、鍛えられた武芸者が投げつけてきた石を避けることはできなかった。まともに一撃をくらい、大の字になって伸びてしまった。

八巻を名乗った男は悠然とこちらに歩み寄ってきた。腰の刀を閂《かんぬき》に差している。いつでも抜刀できる態勢ながら、そびやかした肩はむしろ悠然《ゆうぜん》と脱力して見えた。

佐久田を見据えてニヤリと笑う。

「どうやら他に仲間はいないようだな。わしとお主でサシの勝負だ」

佐久田は醜《みにく》い顔貌に血の気を昇らせた。

「お主、八巻ではないな。何者だ」

佐久田もそれとなく町に出て、噂の人斬り同心、八巻の顔や体つきぐらいは確かめていた。噂通りの華奢な体格の色男であった。剣の使い手にはとても見えない。などと思った。

しかし今、目の前に出現した男は、六尺に届く長身の、巌のように肩幅や胸板のぶ厚い豪傑である。南の八巻とは似ても似つかぬ姿だ。

その男は、むさ苦しい髭面を綻《ほころ》ばせた。

「左様、言うならばこのわしは『陰《いん》の八巻』よ。『陽の八巻』と対になって働く者だ」

我ながら上手いこと言ったなぁ、とでも思ったのか、その男はますます笑み崩れた。

「洒落臭《しゃらくさ》い」

佐久田は刀を正眼に構え、切っ先を鋭く突きつけた。陰の八巻こと水谷弥五郎も、おもむろに抜刀して八相に構える。

二人の浪人剣客は三間ほどの距離をとって睨《にら》み合った。剣の気勢——殺気を放って威圧し合う。佐久田は切っ先を水谷の目につけている。研ぎ澄まされた刃の先から炎でも噴き出しそうな気合だ。一方の水谷は八相に立てた刀をより高く構えた。筋肉のぶ厚く盛り上がった双肩からメラメラと殺気を立ち上らせているかのような姿である。

二人の浪人剣客は気合と気合で押し合った。気合負けした瞬間に勝負が決まる。二人から放射される緊迫感で周囲の木々の小枝まで震える。急いで距離をとって境内の端で見守る若旦那と銀八など、恐怖と緊張に耐えかね、座り込んだまま失禁してしまいそうなほどだ。

二人は草鞋《わらじ》の裏を滑らせながら間合いを詰めた。二人の距離が狭まるほどに斬撃の気勢も膨らんでいく。

二人とも、似通った風貌、似通った生き様を送ってきた者たちである。おのれの剣の腕だけを頼りに、殺伐《さつばつ》とした裏街道を渡り歩いてきたのだ。目の前の敵を斬り殺すことだけが生き残る道である。そのことを十分に知っている。

相手を倒すことだけしか考えていない。幕閣の政争のように落とし所なるものを考えたりはしていないし、ヤクザ者の喧嘩のようにいつでも逃げ出せる態勢を取ったりもしていない。

ただ殺意だけを一心に滾《たぎ》らせている。太刀一筋に殺意を込めてジリジリと間合いを詰めてゆく。

二人の爪先が、ほとんど同時に一足一刀の端境を踏み越えた。踏み込んで刀を振り出せば、刀のもっとも切れる部分、『物打』で相手を捉えることのできる距離だ。

「イッ、ヤアッ！」

「トウッ！」

二人の身体が瞬時に跳ねた。見守る若旦那と銀八の目では、あまりにも早すぎて何が起こったのかわからない。闇の中、二振りの剣が放つ、ふたつの光芒《こうぼう》がきらめいて見えただけだった。

ギインと金属音がした。青白い火花が飛び散った。

二人の浪人剣客は袴の裾をバッと靡《なび》かせながら飛び退いた。再び間合いを取って睨み合う。

「弥五さん！」

若旦那が叫んだ。水谷弥五郎の二の腕の着物が裂けている。剝き出しになった腕に一筋、赤い傷口が見えた。一瞬の間をおいて血潮が溢れてきた。

それでも水谷はまったく動じた様子もなく、佐久田を睨み据えている。

「ムッ……！」

その佐久田が猪に似た顔つきをさらに醜く歪めさせた。

刀を握る右手の甲が裂けていた。骨まで露出させている。

水谷弥五郎はニヤリと笑った。

「初手は相討ちか」

佐久田の太刀筋が水谷の二の腕をかすめ、水谷の切っ先は佐久田の手の甲をかすめた。互いに浅く刀が届いただけだったのだが、しかし。

「ウオオオッ」

佐久田は獣のように吠えた。そして左手のみで刀を構え直した。

手の甲の腱を断たれた右手では、刀を握ることができないのだ。佐久田も水谷も、ほんの僅《わず》かに相手の肉を斬りつけただけだったのだが、佐久田にとってはその場所が悪かった。

一方の水谷が斬られた場所は太い筋肉の盛り上がった部分である。僅かに肉を斬られたぐらいならなんともない。否、なんともなくはないわけだが、この瞬間に戦うだけの余力は十分に残されていた。

佐久田の顔色がドス黒く変わった。額に汗を滲《にじ》ませて、呼吸を荒げさせはじめた。

一方の水谷は気力十分、殺気とともに踏み込んでいく。佐久田は必死の気攻めで押し返そうとするが、その顔つきに恐怖心が膨らんでいった。

「おのれ！」

佐久田は左手一本で斬撃を繰り出してきた。巨体全体での突進だ。体重を乗せた切っ先が水谷の胸元を襲う。

しかし、筋肉を固く硬直させて力一杯に刀を振るう、などというのは、下策中の下策である。「無駄に力が入っている」というやつだ。身体のどこかに脱力した部分を残していないと、咄嗟の反応ができなくなる。

佐久田もそのことは重々承知しているが、右手を無力化された恐怖と焦《あせ》りが彼の理性を狂わせたのだ。

水谷は体をかわしつつ、突き出されてきた切っ先を打ち払った。同時に太刀筋を巻きなおして、猪突してきた佐久田の腕をしたたかに斬った。

バシンッと異様な音がして、佐久田の左腕が輪切りとなった。刀を握ったままの腕が地面に落下した。

「うおっ」

斬られた腕を庇《かば》いつつ佐久田が背後に飛び退く。輪切りになった傷口から滝のように血潮が溢れている。急な失血で貧血状態になったのか、佐久田は足元をもつれさせた。

「むんっ！」

水谷が大きく踏み込んで、とどめの斬撃を見舞った。

「ぐわっ」

左肩を袈裟懸《けさが》けに斬りつけられた佐久田は、血飛沫《ちしぶき》を噴きあげながらもんどりうって倒れた。大の字に転がって足指の先を痙攣《けいれん》させていたが、それは筋肉の不随意反応である。佐久田はすでに絶命していた。水谷の豪剣は佐久田の鎖骨を断ち、肋骨をへし折りながら、なんと心ノ臓にまで達していたのだ。

水谷は手応えから佐久田の死を確信している。ビュッと刀を振り下ろし、刀身についた血を振り払うと、懐紙で刀身を拭ってパチリと納刀した。無念無想の表情となり、肩を大きく上下させて腹中にたまった息を吐きだした。

「弥五さん！」

豪商の若旦那——の扮装をした由利之丞が水谷弥五郎に駆け寄った。

途端に、強面の浪人剣客の表情がコンニャクのようにフニャフニャになった。険しく顰《しか》められていた眉も目尻もダラリと下がる。

「おお、由利之丞、無事であったか」

「弥五さんのお陰だよぅ。おいら、アイツに斬られて死ぬかと思った」

「フフフ、このわしが可愛いお前を見殺しにするはずがあるまいて」

血まみれの死体の前でイチャイチャし始めた二人を、銀八が呆れ顔で見守っている。さすがの銀八でも口を挟む余地がない。

そこへ、どこに隠れていたのか、本物の卯之吉が姿を現した。

「ああ怖い。あたしはまだ震えが止まらないよ」

真っ青な顔をして小刻みに身を震わせている。三ツ紋付きの黒羽織を着けた同心姿だ。格好のつかないこと甚《はなは》だしい。

卯之吉は水谷弥五郎に歩み寄った。

「お怪我の具合はどうですね」

「む、これか」

斬られたことを今思い出した、という顔つきで、水谷は血の流れる二の腕を上げた。

「たいしたことはない」

卯之吉は手拭いで傷口を巻いた。本格的に治療したいが、この闇の中では傷の深さも見て取れない。

「三国屋に寄っておくれなさいまし。あたしの治療器具がありますから」

「うむ、行くぞ。礼金も頂かねばならんからな」

「若旦那、コイツを縛っちまわないと」

銀八はもう一人の悪党、伸吉を指し示した。水谷に食らった石飛礫《つぶて》の一撃からいまだ目を覚ましていない。

「ああ、そうだね。銀八、縛っておくれな」

「えっ、あっしがですかい」

この若旦那に贔屓にしてもらってからというもの、いろいろとありえないことをさせられたが、さすがに人を縛るという経験は初めてだ。

（……とんでもない旦那を掴んじまったもんだなぁ）

情けなくて泣きたくなりながら、卯之吉に渡された捕り縄で小悪党を縛った。

「ああ、そこはもっと締めて。そこで縄尻を足に掛けて絞る。走って逃げられないようにするんだよ」

手は出さないくせに口だけは出す。旦那衆というのは面倒なものである。

適当に縛り上げたところで、銀八は呼子笛を吹き鳴らした。近隣の番屋の者たちが駆けつけてきてくれるはずだ。

「おっと、こうしてはおられぬ」

水谷弥五郎は急いでその場を離れた。


「なんだ、いまの呼子笛は！」

大八車に大きな樽を載せて、佐久田と伸吉からの合図を待っていた忠蔵が叫んだ。平三と互いの顔を見合わせる。

時ならぬ呼子笛の鋭い音色が夜空に響きわたっている。すぐに町方の者どもが押し寄せてくるだろう。

「失敗したんだ」

忠蔵が呻《うめ》いた。

「まさか、あの人斬りの旦那が……。たかが遊び人と太鼓持ちぐらい……」

「当て推量している場合じゃねぇ！　ずらかるぜッ」

二人は大八車を置き去りにして遁走した。


近隣の番屋の者たちが六尺棒や刺股《さすまた》などを担いで走ってきた。提灯を卯之吉に突きつける。

「あっ、これは……」

身形《みなり》から町奉行所の同心と察して低頭した。

「呼子をお吹きになったのは旦那ですかぇ」

「ああ、悪党を、ちょっとばかり、ね……」

自分は何もしていないわけだから恥ずかしくてならず、卯之吉は小さくなって答えた。

提灯の光は弱い。光の届く範囲は実に狭い。番太郎たちはようやく、銀八が引き据えた伸吉に気づいた。

「こちらは親分さんですかい。夜分、ご苦労さまにございます」

闇の中では銀八の滑稽な顔つきも見えない。同心に従って悪党に縄を掛けていれば、それは岡っ引きと見間違えられて当然だ。

親分さんと呼びかけられた銀八は目玉を白黒させた。

さらにそこへ尾上伸平が小者を従えて駆けつけてきた。なにやら赤い顔をしていて酒臭い。村田のお小言を逃れて逃げ出して、夜廻りにかこつけて近くで呑んでいたらしい。

「なんだ、ハチマキじゃねぇか。どうしてここに」

卯之吉は適当に辻褄《つじつま》を合わせて答えた。

「はぁ、そのぅ、あたしも夜霧の一党の探索でもいたしましょうか、と、こうして夜廻りなんぞを……」

その時、大店《おおだな》の若旦那ふうの、豪華な装束を身につけた由利之丞が、ナヨナヨと身をくねらせながら尾上の前に割って入った。

「あたしを攫おうとした悪人ばらを、こちらの旦那が、アア、助けてくれなすったのですぇぇ」

確かに芝居をせねばならない場面なのだが、もうちょっと普通に喋れないものか、と銀八は思った。

突然現れた珍妙な若旦那に面食らってしまい、尾上は目玉をパチクリさせている。

「お前ェさんはナニモンだえ」

「あーいー。手前は日本橋は室町に暖簾を掲げる札差、世間様からは日《ひ》の本《もと》一と称される三国屋の、アア総領息子の、卯之助と申しますー」

ヨッ、由利之丞！　と大向こうから声がかかりそうだ。

「お前が三国屋の放蕩息子か。なるほどな、噂通りの変人だ」

尾上は納得した様子だが、卯之吉本人は納得し難い。世間から見られている自分の姿とは、こんな珍妙なものだったのか。

だいたい自分は総領息子じゃないし、卯之助でもない。卯之吉と名乗ると同心の八巻と同名になってしまっておかしいので、一字だけ変えたのだろうか。

と、その時。周囲に散っていた番太郎が大きな悲鳴を張りあげた。

「人が、死んでる！　斬り殺されてるッ！」

「なんだとッ」

尾上は着流しの裾を乱しながら駆け寄った。そして「ウッ」と息を呑んだ。

「な、なんだよ、この骸《むくろ》は……」

無残に切り刻まれた死体の様子に驚いている。死体を見慣れた同心の目で見ても、これほどまでに鮮やかな切り口は滅多にないと思わせた。

すかさず由利之丞が腰を折った。

「あーいー。これこそが手前を襲ったご浪人様。その成れの果てのお姿にございまするー。ここな八巻様と斬り結び、御武運つたなく、この有り様——」

自分を襲った悪党に対して、言葉の選び方が目茶苦茶だが、今はそれどころではない。

「やいッ、ハチマキッ、手前《てめ》ェが斬ったのか！」

咄嗟になんと答えたものか、卯之吉が言葉を濁していると、またしてもすかさず由利之丞が割って入って、卯之吉の前にナヨナヨと膝をつき、首を振り振り、低頭した。

「八巻様のお陰で命拾いをいたしました。この三国屋卯之助、なんとお礼を申し上げればよいものかー」

クドクドと芝居がかった物言いを、困り顔の卯之吉と、驚愕《きようがく》しきった尾上が見つめている。とにもかくにも大事件だ。深夜ではあるが、南町奉行所に使いの者が走っていった。

四

翌朝、南町奉行所の同心詰所に村田鋏三郎が荒々しく乗り込んできた。いつもながらの険しい表情だが、今朝はなおさら殺気だっている。江戸一番の札差の若旦那が襲われ、南町の同心が駆けつけて凶賊を斬った。こんな騒動は滅多にあることではない。

村田は尾上伸平を捕まえて詰問した。

「本当なのか、その話は」

「はぁ、わたしの目には、そのように……」

尾上は目玉をショボショボとさせた。下瞼には黒々と隈を作っている。昨夜は事件の始末で一睡もできなかったのだ。卯之吉は見習いで始末をつけることができない。しかもあの性格である。不逞浪人を自分が斬り殺したというのにボケッと突っ立っているだけだ。

結局、尾上一人が走り回って、各方面に連絡をつけたり、死体を大番屋に運び込んだり、検屍与力を起こしにいったりしなければならなかったのだ。

そういうわけで疲労も極限に達している。村田に睨みつけられても、とりとめのない返事をするので精一杯だった。

「本当にハチマキの野郎が不逞浪人を斬ったんだな?」

「はぁ、三国屋の放蕩息子はそのように申しておりましたが」

「番太郎たちはなんて言ってる」

「それが、呼子笛を聞いて駆けつけた時にはもう、斬り合いは終わっていたそうなんで」

「その場にいたのは、誰と誰なんだよ」

「その若旦那と、ハチマキと、いつもの小者です」

「アイツか。……あの幇間崩れが不逞浪人を斬ったとも思えねぇしなぁ」

「それで、村田さん。ハチマキが討ち取った浪人の身元は?」

村田はますます表情を険しくさせた。

「ああ。勘定奉行所や関東郡代から手配が回っていたぜ。人相書きと照らし合わせるに、佐久田某とかいう剣客浪人であるようだ。下野《しもつけ》や常陸《ひたち》の博打場で、さんざん鳴らした人斬り浪人らしい」

「へぇ、そいつぁたいしたもんですね。……御勘定奉行様や関東郡代様から礼を言われるかもしれませんねぇ」

「馬鹿野郎！　悠長なことを言ってる場合かよ。手前ェ、あのハチマキにそんな剣の腕前があるように見えるのか！」

「はあ。でも、他に考えようもないわけでして……」

「ハチマキはどうしたい」

「あいつはいつも、出仕が遅いですから」

卯之吉が出てきたら根掘り葉掘り問い質《ただ》してくれようと待ち構えていたその時、同心詰所に、内与力の沢田彦太郎が入ってきた。居合わせた同心たちが一斉に平伏する。村田や尾上も同様である。

「村田。ちょっと来てくれ」

「ハッ」

村田は傲然《ごうぜん》と眉をあげて立ち上がった。

「ああ、尾上も」

「ハッ」

尾上伸平は眠気など吹っ飛ばした顔つきとなった。

村田と尾上は沢田彦太郎の用部屋に入った。そこには、福々と笑みを浮かべた七十間近の商人が腰を下ろしていた。

村田はジロリと睨みを利かせた。その商人は、顔は笑っているのに目は笑っていない。詐欺師など、腹に一物を抱えた悪党に特有の表情だ。『南町の猟犬』と異名をとるほどの眼力を誇る村田である。商人のよこしまな本性をすぐに見抜いて警戒態勢に入ったのだ。

沢田は上座に腰を下ろした。

「お前たちも、そこに座れ」

沢田に言われて正座する。斜め後ろに尾上も膝を揃えた。

「これなるは三国屋の主、徳右衛門である。孫を救われた礼を述べたいと申して、足を運んで参ったのだ」

沢田に紹介された老商人が、油断のならない薄笑いを浮かべながら、折り目正しく頭を下げた。

「三国屋徳右衛門にございます。昨夜は南町のお役人様に手前の大事な孫をお救いいただきまして、なんとお礼を申しあげれば良いものやら、まことに感謝の言葉もございませぬ。取り急ぎご挨拶申し上げようと、かく、参上いたした次第でございまして……」

「八巻はまだ出仕いたしておらぬようだ」

沢田は素知らぬ顔つきで答えた。

この沢田彦太郎は、卯之吉を同心に仕立て上げる際に力を貸した男である。徳右衛門の賄賂《わいろ》に屈して、無理な横車を押す手助けをしたのだ。

三国屋の若旦那と同心の八巻卯之吉が同一人物であるということは当然知っているわけだから、知らぬ顔を決め込んでいるということはつまり、徳右衛門の書いた筋書きに従っている、ということを意味している。またしても大金を摑まされ、籠絡《ろうらく》されてしまったのに違いない。

三国屋徳右衛門が、分厚く盛り上がった袱紗《ふくさ》包みを、村田と尾上、それぞれの膝の前に滑《すべ》らせてきた。

「八巻様の上役のお二方にも、お礼を……」

村田の視線がチラッと動いた。切れ者の筆頭同心も、賄賂攻勢には弱い。

そもそも町奉行所の同心の身分はいたって低い。扶持米はたったの三十俵である。三十俵では武士らしい生活を送ることもできない。それほどの薄給なのである。それが偉そうにふんぞりかえり、高価な仕立ての着流しでチャラチャラと町を闊歩《かっぽ》することができるのは、町人からの賄賂で懐が膨らんでいるからだ。

賄賂を断る同心はいない。みんな賄賂は大好きだ。そして、いったん賄賂を受け取ってしまったら、町人たちの思惑に従って、見ざる言わざる聞かざるを決め込まざるを得ないことも多々あった。

徳右衛門は賄賂の効き目が二人の同心の心に沁みいったのを見届けて、かすかに勝ち誇ったような笑みを浮かべた。

「八巻様は手前ども、三国屋の恩人にございます。この徳右衛門、八巻様の御為になることでしたら身も心も厭《いと》わぬ覚悟にございまする。八巻様の上役様のお二方にも、なにとぞ、八巻様のこと、よろしくお頼み申しあげます」

なにやら分かったような、分からないような理屈だが、要するに恩人の八巻に恩返ししたいから、八巻の引き立てを頼む、と言うことらしい。

村田は袱紗包みを鷲掴みにした。二十五両の包み金（俗に切り餅とも）が二つ包まれているようだ。村田は無造作に懐に入れた。

「八巻のことなら、常日頃から目を掛けておる」

「左様でございますか」

徳右衛門は福々と、しかし油断のならない笑みを浮かべつつ低頭した。

村田と徳右衛門が視線で火花を散らしあう横では、尾上がオドオドと賄賂を懐に差し込んでいた。筆頭同心の村田が包み金二つなら、尾上の分はひとつである。差がつけられているが、この場合、差をつけないと村田に対し非礼になる。村田の半分でも、まだ若手同心の尾上は、一度にこれほどの大金を手にしたことはなかったのだ。

村田と尾上は沢田の用部屋から下がった。廊下を足早に歩きながら、村田が険しい声音で呟《つぶや》いた。

「なんだか、おかしな成行きだな」

「そうですか？」

尾上はホクホクと笑み崩れている。懐に忍ばせた小判の重さが嬉しくてならない様子だ。

しかし村田は、割り切れない顔つきでいる。

「いってぇどういうことなんだ。ハチマキの野郎、御老中様に続いて、今度は江戸一番の札差を味方につけやがった。解せねぇ。まったく解せねぇぜ」

さすがは筆頭同心の洞察力というべきか。調子の良過ぎる展開に訝《いぶか》しいものを感じ取っているらしい。

「まぁ、いいじゃないですか。三国屋も喜んでいるんだし、勘定奉行所や関東郡代様にも貸しができたことですし」

村田は呆れ果てた、という視線を尾上に向けた。

「世の中の人間が、みんな手前ェみてぇにお気楽だったら、町奉行所もさぞや暇で良いだろうになぁ」

「なんですか、村田さん、まだハチマキの一件を突っつこうという腹ですか」

「馬鹿野郎、もう賂《まいない》は受け取っちまったんだ。三国屋の手前もある、ハチマキのことは褒めてやるしかねぇだろうよ」

「そうですよね。しかしハチマキのやつ、ツイているよなぁ。三国屋が後ろ楯になれば怖いものなしですよ」

村田は「ケッ」と毒づいて、奉行所の外に出ていった。

第五章　小伝馬町牢屋敷

一

「南町の八巻やてッ？」

治郎兵衛が激昂《げっこう》して立ち上がった。

讃岐屋の二階座敷。治郎兵衛の前で忠蔵が平身低頭している。

「へい、佐久田さんを斬り殺したのは八巻だと――」

「誰がそう言ぅとるんや」

「若旦那を助けてもらった恩義を感じているのでしょうか、三国屋のほうで八巻の手柄を吹聴して回っているようなんでございます」

「三国屋か」

治郎兵衛は長火鉢の前に座り直した。苛立《いらだ》たしげに貧乏ゆすりなど始める。

「三国屋がそう言ぅとるんなら、間違いないようやな」

治郎兵衛は火箸をドスッと長火鉢の灰に突き刺した。

「どうやら八巻は三国屋と懇意にしておるようや。三国屋め、噂の切れ者同心を賂《まいない》で籠絡《ろうらく》して、大事な若旦那のお守をさせとったのに違いないで。アホくさっ、三国屋で見かけた時にそれと察しておくべきやったわ」

大坂の掛屋《かけや》を目指す治郎兵衛にとって三国屋は目の上のたんこぶ。夜霧の一党の頭目としての治郎兵衛にとっては、南町の八巻が目の上のたんこぶだ。その二人が対になって立ちはだかってきた。気障りなことこの上もない。

（おどれ、どないしてくれようか……）

ここのところまったくツイていない。悪運が身の回りに張りついている。ジワジワと真綿で首を締められるような息苦しさまで覚えていた。

「そやけど……、あの佐久田はんが斬り殺されてまうとは」

南町の八巻、噂通りの――否、噂以上の凄腕《すごうで》剣客だ。『人斬り同心』の異名は伊達ではなかったということか。

佐久田だって一角《ひとかど》以上の剣客だった。闇の世界ではその名の知られた殺し屋だったのだ。

（これは、ちいとばかり拙《まず》いで）

いずれ八巻とは決着をつけねばなるまいが、佐久田以上の凄腕剣客を雇うのは難しい。しかも、南町の八巻が佐久田を斬った——という噂は、たちまちのうちに裏社会に広まるであろう。

裏稼業の剣客や殺し屋たちは、所詮《しょせん》、生活費や遊興費を目当てに凶刃を振るう者たちだ。自分の命と生活が一番大事なわけで、自分より強い相手とは戦いたがらない。負けたらすべてを失うのだから当然だ。忠義や武士の一分のために強敵に立ち向かっていく侍とは違うのである。

（八巻と戦う度胸のある者がいるかどうか……）

という話なのである。

それに、伸吉を捕らえられたのも拙い。

（きつい拷問をいつまでも辛抱する根性はないやろな）

いずれは屈伏して、一味のことを、洗いざらい吐いてしまうに違いない。

「えいくそッ！」

なにもかもが上手くいかない。

「三国屋の放蕩《ほうとう》息子と、南町の八巻のせいや！」

　忠蔵がおそるおそる訊ねた。

「それで、三国屋の放蕩息子の件はいかが取り計らいましょうか。もう一度、拐かしを試みる手もございますが……」

「アホゥ、あいつはもう、屋敷の外には出てこないやろ」

　いくら無軌道な放蕩息子でも、しばらくの間は家に籠《こ》もって身を護ろうとするに違いない。三国屋では用心棒が昼夜の警戒に入るだろうし、町方役人も見廻りを強化するに違いなかった。

「そんなところに押し込んだりしたら、飛んで火に入る夏の虫、いうやつや」

　ますますもって不愉快だ。八巻と放蕩息子の二人が、勝ち誇ったような薄笑いを浮かべている——そんな光景が治郎兵衛の脳裏に浮かび上がった。

　治郎兵衛は顔面を真っ赤に紅潮させて、こめかみに青筋を浮かべた。その治郎兵衛に向かって、忠蔵がさらに不愉快なことを訊ねてきた。

「勘定奉行所への手当はいかがいたしましょう。そろそろ例の一万両を見せるぐらいのことはしておかないと拙いのではないか、と」

「そうや。掛屋の株を余所《よそ》に流されたらかなわん」

役人の気持ちを引き止めるため、接待攻勢は続けなければならない。金はいくらあっても足りないのに、一万両を掘り起こせないせいで資金が底を尽きつつある。

三国屋の若旦那を攫《さら》って町奉行所を引っ掻《か》き回し、その隙に長屋に火を放って更地にし、さらに若旦那と身代金を引き換えるという騒ぎをわざと起こして町方を市中のどこかに引き付けておいて、その間にこっそりと掘りだそうという算段であったのだが、

（八巻のせいで全部オシャカやないか）

忠蔵が膝を進めてきた。

「早いところ、一万両だけでも確保しておかないと」

「わかっとるわい」

しかし、である。長屋に確実に火を付けるには、油壺などを用意しなければならない。江戸の最大の弱点は火事なので、当然、警戒は厳重だ。町方役人、火付盗賊改方、町火消などが夜廻りをしている。迂闊《うかつ》に油壺など持ち運べばすぐに見つかって連行されてしまう。

しかし、それでもやはり、一万両は今すぐに必要なのだ。

危険な賭けだ。治郎兵衛は今までにこれほど危ない橋を渡ったことはなかった。

「わかった。やるで。付け火や。ちぃと雑な筋書きやが、しゃあないやろ」

「へい。それでは、平三に用意をさせます」

「頼むで。ああ、それからな」

「へい」

「牢屋敷の伸吉をな、始末しておいてくれ」

「へい。かしこまりました」

忠蔵も、我が身のことが一番可愛い悪党である。伸吉を哀れに感じる性根などはない。暗い目を伏せて頷《うなず》いた。


「平三、決まったぞ。付け火だ」

忠蔵は、例の陰間茶屋の離れ座敷に平三を呼び出した。

「へい。いよいよですかい」

平三は酒杯を舐《な》めながら、蛇に似た冷たい眼差しを光らせている。

「おうよ。治郎兵衛の野郎、賽《さい》の目が裏目裏目に出て、さすがに焦《あせ》っているようだぜ」

「へっ、ざまぁねぇぜ。手前《てめ》ェ一人だけが頭がいい、みてぇなツラぁしやがって。いつもいつも思い通りに事が運ぶもんかい。いい気味だ」

忠蔵も旨《うま》そうに盃を呷《あお》った。

「ああ。そして最後に治郎兵衛に、吠え面をかかせてやるのは俺たちだぜ」

「抜かりはねぇ。任せておいておくんない」

一転、忠蔵が暗い表情になった。

「抜かりといえば伸吉のことだ。あの野郎、毎日牢問を続けられれば、いつかは口を割るぜ」

「そっちのほうも抜かりはございやせんぜ。すぐにでも始末して見せまさぁ」

悪事がよほどに好きな質《たち》らしい。平三は腹の底から楽しそうに笑った。


(こいつは大変だ)

由利之丞は隠し部屋から這い出した。

(あの夜、捕まえた男が牢屋敷で殺されちまうよ)

その現場には由利之丞も三国屋の若旦那に扮《ふん》して臨《のぞ》んでいたのである。アイツは自分が捕まえてやった悪党だ、などと思い上がった気分でいる。

（それをむざむざと殺されて、口を塞がれちまったんじゃたまらないよう）

座敷の二人を取り押さえることができれば話は早い。しかし由利之丞にそんな腕力はない。

しかも由利之丞には、二人の話題に上る治郎兵衛というのが何者なのかがわからなかった。なにもかもが陰間茶屋の若衆の手には余る大問題だったのだ。

町方の旦那に知らせなければならない。知らせるなら八巻の旦那だ。あの旦那は他の旦那たちとは違って、びっくりするほどのご褒美を下さる。

とにかく弥五さんに相談しよう、と由利之丞は思った。

二

「旦那、たいしたお手柄じゃあござんせんか。それにしたって一ノ子分のあっしに内緒で捕り物たぁ、お人が悪い」

南町奉行所の門を出たところで卯之吉は、待ち構えていた荒海《あらうみ》ノ三右衛門《さんえもん》に捕まった。

「これは、荒海の親分さん」

「またぁ、水臭《みずくせ》ぇですぜ。三右衛門と呼び捨てになさってくだせぇ」

いつもいつも、こんなやりとりになる。

荒海ノ三右衛門は赤坂新町《あかさかしんまち》に一家を構える俠客の大親分である。蘭方医の修業をしていた当時の卯之吉に命を助けられたことがあった。さらには、宮地芝居の琴之丞殺しの一件では、容疑者の一人にされてしまい、実に危ういところだったのだが、卯之吉のお陰で濡れ衣を晴らしてもらえたのだ。

さまざまな偶然が絡んで卯之吉は、人斬り同心だの、いま売り出し中の切れ者同心だなどと誤解されているわけだが、中でも一番勘違いの甚《はなは》だしいのが、この三右衛門親分である。

とにかく卯之吉に心酔しきっている。「漢《おとこ》の一命を奉るのだ」と勝手に決めつけて、俠客の世界の大親分なのに、岡っ引きのように卯之吉に従っていた。卯之吉としては、有り難いやら、困ってしまうやら、なのである。

「まったくてぇした評判ですぜ。人斬り浪人の佐久田といやぁ、裏街道じゃ、ちっとは知られた凄腕の殺し屋でやす。八州廻りも手を焼いていた不逞浪人をスッパリと斬り捨ててしまうたぁ、まったくてぇしたもんだ。惚れ直しやしたぜ」

「……いやぁ、まぁ、もういいよ、その話は」

自分では何もしていないわけだから、持ち上げられても面映《おもはゆ》いし、心も痛む。そそくさと逃げるように歩きはじめたのだが、また何を勘違いしたのか三右衛門は「感に堪えない」という顔をした。

（あれだけの大手柄を立てておきながら、もう、何事もなかったかのような顔をしていなさる。こんな大きな男には、生まれて初めてお目にかかったぜ）

つまらない手柄でも得意満面に吹聴し、自分をことさら大物に見せようとするのが、昨今の役人の風儀である。かえって小物に見えることに気づいていない。実に見苦しい連中だ。

（それに引き換え、八巻の旦那はどうだえ）

惚れ惚れする。男惚れというやつだ。こんな大きな男に出会うのは、今生、最初で最後のことだろう。おいらはこの旦那と出会うために生まれてきたのだ、一生旦那についていこう、などと、一本気な三右衛門は思いを極《きわ》めた。

そんなことを考えているうちに卯之吉は、通りをずいぶん先に進んでしまった。三右衛門は短い足をチョコマカと動かして、慌てて追いかけた。

「旦那、今度はなんのお調べですかい」

斜め後ろに従いながら、背中に向かって声をかけた。

「うーん」と、卯之吉は困ったような声をだした。

「長岡町の長屋の、太吉さんっていう大家さんが殺されたんだよ」

「へぇ」

「それでねぇ、下手人を上げなくちゃならないんだけど、うーん。なんとも、手掛かりが摑めなくってねぇ」

「へい。それは難しいヤマをお抱えですな。それで、その太吉って仏さんは生前どんな男だったんで」

卯之吉は振り返った。往来の真ん中で足を止め、三右衛門をまじまじと見つめる。

「それがねぇ、どうにも変なお人なんだよ、これが」

「変？　どんなふうにでやすか」

「もう十二年も青物の小商いをやりながら、貧乏長屋の差配をしていた。暮らしぶりは慎ましいし、長屋の店子《たなこ》たちからは、生き神様のように慕われていたというお人さ」

「へぇ、そいつはもったいねぇお人が亡くなりやしたもんで」

「だけどねぇ……」

卯之吉はちょっと考える仕種をした。

「そのお人は、殺された時、手に匕首《あいくち》を握っていたんだ。それも、長年使い込んで、握りに指の脂が染みついて、黒光りしていたような代物《しろもの》さ」

三右衛門の顔つきが変わった。眼光が一気に鋭くなる。

卯之吉は、匕首を握る真似をして、三右衛門目掛けて突きつける仕種をした。

「こう、ね、その太吉さんは突いたんだ。相手はすかさず自分の匕首で太吉さんの腕を払った。太吉さんの腕の内側には、その時の傷が残されてた」

卯之吉は自分の腕の内側を指でなぞって、傷の位置を示した。

三右衛門は若い頃から博徒同士の喧嘩出入りを経験してきた男だ。その傷の位置から、何事が起こったのかを推察することができた。

「そいつぁ、ただの大家殺しじゃぁあございませんな。その二人はどっちも、匕首を使い慣れていやがりやすぜ」

「あたしもそう思う。……でもねぇ、あたしの上役は、ただの物取り強盗だと思い込んでいなさるんでねぇ」

「チッ、旦那の見立てにケチをつけるたぁ、とんだ唐変木野郎がいたもんだ」

「まぁ、そう言わないでおくれな。あたしにとっては大事な上役さ」

「こいつァ口が滑《すべ》りやした」

「今ね、夜霧ノ治郎兵衛という盗人一味が江戸に潜入しているらしいんだよ。それでね、大方の同心はそちらに掛かりきりになってる。大家殺しのお調べどころじゃないんだね」

「なるほど、八巻の旦那一人で十分だ、という話ですな。さすがはお奉行様だ。人を見る目がおありなさる」

なにを聞かされても、卯之吉を持ち上げる方向に解釈するらしい。

それから三右衛門は腕組みをして、しきりに首を傾《かし》げはじめた。

「太吉か……。う～ん、太吉。……どこかで聞いたことがあるような」

「心当たりがおありかえ」

「それが、ううむ面目ねぇ。最近歳のせいか、物忘れが激しくなりやして」

「ふ～ん。それはお困りだねぇ。でも、ボケた年寄りは長生きするというから」

「慰めにもなりやせんぜ。ボケてまで長生きしたいとは思いやせん」

「そうかい？　あたしはなんでもいいから長生きしたいよ」

卯之吉の大ボケは生まれつきだ。変な方向にどんどん話がそれていく。結局二人は連れ立って、長岡町の貧乏長屋に向かった。

「やいやいお前たち良く聞きねぇ。おいらは八巻の旦那の下で働いている赤坂新町の三右衛門ってぇもんだ。このおいらが乗り出してきたからにゃあ、四の五のとまだるっこしいこたぁ言わせねぇ。先だってまでの銀八たぁわけが違うからそう思え。大家といえば親も同じ、店子といえば子も同じってのが世間の道理だ。親が殺されたってのに『知りません』『何も心当たりがございません』たぁ言わせねぇぞ。そんな不義理は許されねぇ。いくら物覚えの悪いお前《め》ェらでも、ギュウギュウ絞ればなにか出てくる。油の搾《しぼ》り滓《かす》なら肥やしになるが、人の搾り滓は始末に悪いぜ。とっとと白状しちまうのが身のためだ。隠したって無駄だ。おいらの目からは逃れられねぇぞ」

侠客の大親分が凄みを利かせての啖呵《たんか》だ。迫力が違う。長屋の店子たちは心底から震え上がった。

「どうだお前ェ、なにか思い出したか」

鋭い眼光を向けられた棒手振《ぼてふ》りが、生きた心地もないような顔をした。

卯之吉はお直の住む表店《おもてだな》で、お直が出してくれた茶など飲んでいる。町役人の庄助も同席していた。

表店にまで三右衛門の怒鳴り声が聞こえてくる。

「今度の親分さんは、たいした貫禄がおありですねぇ」

庄助は感心しきりの様子だ。「親分さんはああでなくてはいけない」という顔をしている。町役人は町を管理せねばならない立場だが、どうにも手に余る事件が起こった時には町内の親分の手を借りる。凄みの利いた親分は町役人にとっては頼もしい存在なのだ。

「やり過ぎなければいいけどねぇ」

卯之吉はお直に視線を向けた。

「店子が逃げ出したりしたら、お直ちゃんに迷惑だ」

庄助は笑って手を振った。

「この長屋の者どもは、他の長屋には移り住めませんよ。太吉さんの志で安い家賃になっているのに、それでも支払いを滞らせるような連中ですから」

「ふーん」

卯之吉は茶をズルズルとすすった。

しばらく胴間声が聞こえていたが、やがて三右衛門が表店に戻ってきた。

「どうだえ、なにか摑めたかえ」

卯之吉は泰然として迎えた。

三右衛門は手荒な聞き込みで興奮していたのだろう、額の汗を手拭いで拭った。

「へぇ、まぁ……」

チラリと横目で庄助を見る。庄助たちには聞かれたくない話のようだ。

「まぁ、お座りよ。お直ちゃん、こちらの親分さんにも茶を出しておくれじゃないか」

お直が茶の給仕にかかる。三右衛門は框《かまち》に腰を下ろした。

庄助が不思議そうに卯之吉を見ている。銀八を連れてきた時には、冴えない若手同心かと思ったのだが、強面《こわもて》の大親分を顎で使う貫禄はただごとではない。見掛けとは裏腹のやり手なのだろう、と、見直す気持ちになった。

一方、三右衛門は、お直の顔つきをじっくりと見つめている。目が合ったお直が恐怖に竦《すく》んでしまったほどに厳しい眼差しだった。

しかも三右衛門は、出された茶には手をつけなかった。

「旦那、そろそろ別口を回りやせんと」

別口の調べなど何もないが、それを口実に腰を上げよう、ということらしい。

「ああ、そうだね。それじゃお直ちゃん、庄助さん。また来るから」

卯之吉と三右衛門は、お直の店を出た。


二人は再び、道を歩きながら言葉を交わした。

「臭いやすね」

「そうだろう。何もかもがおかしいんだよ。あの長屋は」

「旦那の見立てを聞かせておくんなさい」

「そうだねぇ。どうしてあの長屋には、あんなに貧しいお人ばかりが住み着いているのかねぇ。そこが不思議だ。太吉さんが慈悲深い人だったから、ということになっているけど、いくら慈悲深いにしても、あの家賃はありえない」

「さいで。太吉が長屋の地主でもあって、しかもお大尽の篤志家だってぇんならわかりやすが、しかし、太吉はただの大家だ。取り立てた家賃を地主に納めなくちゃならねぇ立場ですぜ」

「そうなんだよ。太吉さんの立場で店子に甘い顔を見せていたら、地主さんのほうが困るはずさ。お叱りを受けるのは太吉さんだ。大家の株を取り上げられちまうのが関の山だろう」

「そこですよ旦那。そのあたりをしっかりとこの耳で聞き込んできやしたぜ」

「なにか摑んだのかい。聞かせておくれな」

「へい。店の奥に住んでいる爺様は、ここ三年ほど、一銭も家賃を納めていねぇんで」

「なんだって」

「その隣の貧乏夫婦も太吉に家賃を肩代わりしてもらっていたようですぜ」

「どうして長屋を追い出されないのかな」

「あっしも絞りあげてみやしたがね、本人たちはいたって気の小せぇ連中だ。大家を脅して家賃を踏み倒すようなヤクザ者じゃねぇ。家賃を払わずに済んでいるのは太吉の慈悲だと思い込んでいやがったようなんで」

「あんな貧乏長屋でも、月々の家賃を肩代わりしていたら、半年、一年では、かなりの額になるんだろうね」

「左様でさぁ。太吉本人もあんな小さな商いだ。自分たちが暮らしていくんだって精一杯だってのに、店子が溜めた家賃まで肩代わりしていたっていうのはおかしい。しかも野郎どもが抜かしやがるには、太吉のほうから出ていかないでくれ、などと頼み込んでいたらしいんで」

「なんだろうね、それは」

「旦那」

三右衛門が声をひそめた。

「太吉という名に心当たりがありやしたぜ。あの娘の顔を見てすぐにピーンときやした。あの鼻の形は父親似なんでしょうな。昔、ちょこっと見かけた顔に良く似ておりやす」

「それは誰だえ」

「へい。思わせぶりするほどのもんでもねぇ。ムササビの太吉っていう盗人ですぜ」

「ムササビの太吉？　盗人だって」

「へい。盗人なら匕首を懐に呑んでいても不思議じゃねぇでしょう」

「ははぁ、そうか」

卯之吉もピーンときた顔つきで、空など見上げた。

「なにかお気づきになりやしたんで」

「金だね。長屋の下に大金が隠してある。長屋の住人は、金を掘り出されないための用心で置いてるんだ。そうに違いないだろうね」

「なるほど！　そうか。きっとそうに違《ちげ》ェありやせんぜ」

「長屋の人たちはどうだろう。盗人の一味なのかな」

「とてもそうには見えやせん。悪事の働けそうな者は一人もおりやせん」

「お直ちゃんも、父親の正体に気づいているとは思えない」

「どっちにしてもですな、旦那。ムササビの太吉はここ十年ばかり鳴りを潜めていやがった。その間、どこで何をしていたのか、盗人の親玉に従っていたならそれは誰なのか、ちっとばかし調べてみる価値はありやすぜ」

蛇《じゃ》の道は蛇《へび》である。裏社会の情報は、裏社会に片足を突っ込んだ者にしか摑めない。町奉行所が博徒などを岡っ引きとして使うのはこのためだ。

「あっしにお命じくだせぇ」

「うん。それじゃあ頼むとしようかな」

卯之吉は懐から小判を出した。先日、徳右衛門からもらった資金が潤沢《じゅんたく》にある。

「いけねぇや。受け取れやせんぜ」

「そうはいかないよ。子分衆も走らせるんだろう。ただで人を使うわけにはいかないから」

博徒の親分たちは岡っ引きとして同心に奉仕するが、ほとんど無給に近い。その代わりに博打場を開くことなどを黙認してもらっている。

三右衛門は、卯之吉が小判を出してきた意味を考えた。

（お奉行所のお役目はお役目、悪事は悪事、馴れ合って目溢《めこぼ》しはしねぇぞ、ということですかい）

まったくもって気骨《きこつ》のある人である。

（だがよォ、今のお江戸に欠けているのは、こういう気骨のあるお役人様なんだぜ）

昨今の世の中は、侠客の目から見ても腐りきっていた。

（世直しをしてくれるお人が必要なんだ）

八巻卯之吉こそがその人である、と三右衛門は、ますます確信した。

「ありがたく頂戴いたしやす」

感動の面持ちで、三右衛門は小判を頂戴した。

「それじゃあ待ってるから」

「合点で。任せてやっておくんない」

三右衛門は一礼すると、身を翻《ひるがえ》して走り去っていった。

三

伸吉は小伝馬町《こでんまちょう》の牢屋敷にぶち込まれていた。江戸一番の札差の若旦那を拐かそうとした悪党である。三国屋は幕府の老中にも金を貸すという大店《おおだな》だ。町奉行所としてはおざなりにはできない。体面を懸けて吟味は厳しく続けられていた。

「吐けッ！　お前は何者なのだ！　他にも仲間はいるのか！」

簓《ささら》に割られた竹の棒で叩かれたり、逆さに縄で吊られたり、冷水をぶっかけられたりした。それでも伸吉は口を割らない。いかなる責め苦にも耐えつづけた。

「強情なヤツめ」

吟味方与力のほうが根負けしそうなほどである。

「もう良い！　大牢に放り込んでおけ」

そろそろ退勤の時刻である。吟味方与力が家に帰りたくなると、その日の牢問は終了だ。

伸吉は牢屋役人に両脇を抱えられて大牢に戻された。鍵を外され、開けられた戸口から手荒に中に蹴り入れられた。

伸吉は牢の板敷きに転がった。ほとんど失神している状態だ。

「お前ェもよく頑張るなぁ。小僧っ子のクセして、てぇしたもんだぜ」

十枚重ねられた見張畳の上から牢名主が声をかけてきた。悪党の世界にも、尊敬される人物、行為というものはある。拷問に屈しないのもそのひとつだ。

「おい、水を飲ませてやんな」

仲吉は囚人仲間に抱き起こされた。水を含まされ、少しだけ生気を取り戻した。

「……すまねぇ」

「薬を塗ってやんな」

牢名主の命令でうつ伏せにされ、灰色の衣を脱がされる。

「こりゃあひでぇや」

誰かの声が仲吉の耳にかすかに響いた。箒の竹で打たれた自分の背中は、よほどひどく傷つけられているらしい。

囚人仲間が背中に薬を塗ってくれる。普通なら悲鳴をあげるほどしみるのだろうが、今は感覚が麻痺して何も感じられない。

牢内には自治のための役職が置かれていて、頭分の牢名主以下、小頭格の添役、その下に二番役、三番役と続き、食事の配給掛かりや、雪隠《せっちん》の管理をする詰番などが置かれていた。皆、身分に合わせて、重ねられた畳の上に座っている。仲吉が苦しむ様子を、ある者はいたわしそうに、ある者は面白がって見下ろしていた。

介抱されながら仲吉は思った。もしも自分が夜霧ノ治郎兵衛の配下だと知れたら、この囚人たちはどんな顔をすることだろう。夜霧ノ治郎兵衛は伝説的な大盗賊だ。その配下の自分だって、たいした顔役であるはずなのだ。

畳の上でふんぞりかえっている連中が、娑婆《しゃば》でどんな悪事を働いたのかは知らないが、多分、自分のほうが悪党として格上のはずである。

（畜生、ぜんぶぶちまけてやりてぇなぁ……）

こいつらの驚く顔が見てみたい。そんなことを思いながら仲吉は、意識を遠のかせていった。

「西の大牢、一名入牢」

牢屋役人が新しい囚人の入牢を告げる声が、最後に聞こえた。

水谷弥五郎は、陰鬱《いんうつ》な顔つきで囚人どもを睨《にら》みつけながら、うっそりと牢に入ってきた。

水谷はチラリと横目で伸吉の姿を確認した。牢問はきついようだが、吟味方与力は死なぬ加減を心得て責めている。自白をさせるのが目的であって、責め殺すのが目的ではないのだから、牢問で囚人は死なない。

あの夜、水谷が八巻卯之吉を名乗った時、この伸吉もその場にいた。水谷の姿も見ているはずだが、周囲は暗闇だった。すぐ失神させたから、水谷の顔を見覚えてはいないはずである。水谷弥五郎は囚人どもを押し退《の》けるようにして牢の真ん中に進み、ドッカリと腰を下ろして牢名主を睨みあげた。

牢名主は、牢屋役人から牢内の自治を任されている。新入りの囚人の身元を改め、牢内のしきたりなど言い聞かせなければならない。

しかし、そこが人斬りで鳴らした水谷と、たかが小悪党の違いである。貫禄の差は歴然としている。牢名主のほうが気圧《けお》されている始末だ。

牢名主からいつまでたっても名を問われないので、仕方なく自己紹介した。

「上州浪人、水谷弥五郎である」

添役がギョッと目を見開いて立ち上がった。

「な、名主ッ、このお人は――」

慌てふためきながら牢名主に近寄って耳打ちした。

牢名主の顔色が変わった。

「せっ、先生が、あの、水谷弥五郎さんなので……!」

上州などの博打場で用心棒稼業をしていた頃の悪名が伝わっていたようである。水谷にとっては手間が省けてよかった。

水谷は大胡座《あぐら》をかき直した。

「ツルは、どうするのだ」

新入りが入牢した際には、ツルと呼ばれる金を牢名主に差し出すことになっている。ツルを持ってこなかったり、金額が少なかったりすると、囚人仲間に苛《いじ》められ、密かに殺されることまであった。

しかし牢名主は逆に、へつらうような顔つきをした。

「め、滅相もない。水谷先生からツルを頂戴しようなどとは……」

「そうか。せっかく持ってきたのだがな」

どこに隠していたのか、水谷は小判を懐から取り出した。

囚人たちはツルを集めてさまざまな買い物をする。仲吉に塗られた薬もツルで購入された物だ。調達するのは牢屋役人で、買い物のたびに礼金をとる。牢屋役人にとっては副収入だから、ツルを隠し持つのは大目にみられた。

「おい、牢屋役人！」

水谷は胴間声を張りあげた。

牢屋役人が陰気な顔つきでやって来た。水谷は牢屋役人の足元に、その小判を投げた。

「酒を買ってこい。安酒では許さぬ。下り酒だぞ」

小判を拾った牢屋役人は、返事もせず、顔つきも変えずに出ていった。

牢屋役人は囚人から頼まれた買い物は、刃物などを除いて、必ず買ってきてくれる。しばらくして角樽を抱えて戻ってきた。格子の間から突き入れて、板敷きにドンと置いて出ていった。

「今日はわしの入牢祝いだ。みんな、遠慮なく飲んでくれ」

水谷がそう言うと、囚人たちがワッと沸いた。すぐに盃が回される。牢名主まで畳から降りてきて、水谷の盃を頂戴しようとすり寄ってくる始末であったのだ。

伸吉に対する牢問は、しばらくの休みとなった。酷い責めを毎日加えたら死んでしまう。痛みや恐怖に対する耐性もついてしまう。囚人の体力を回復させ、かつ、次の牢問への恐怖を募らせる期間が必要なのだ。

「伸吉、差し入れだ」

牢屋役人が感情のない声で言った。伸吉は痛む身体を引きずりながら、格子まで進んだ。

「ありがとうごぜぇやす」

竹皮の包みを受け取った。

「誰からですかい」

念のため訊ねると、牢屋役人が答えた。

「平三という男だ。お前の昔の兄貴分だと言っていた」

「平三兄ィから……」

包みを開けると饅頭が入っていた。衰えきった身体に糖分はなによりの薬だ。体力がつくし心も安らぐ。逆境だからこそ、なおさら兄貴分の思いやりが身に沁みた。不覚にも伸吉は感涙に咽《むせ》びそうになった。

「ありがてぇ……」

伸吉は両手で饅頭を掴み、かぶりつこうとした。

その時、

「食うな」

低い声で制された。静かな口調だが殺気立っている。

振り向くと、水谷弥五郎と目が合った。凄まじい目つきで睨んでいる。人斬り稼業の剣客の眼光に当てられて、伸吉は心底から震え上がった。腹の底までズンと恐怖感が痺《しび》れた。

「な、なんですね。これはあっしの……」

差し入れだ、と言おうとしたのだが、舌がもつれて声も出ない。そもそも悪党というものは、本質的に道理が通じない者たちだ。力が強い者の言い分がまかり通るのである。

伸吉はまだ下っ端の小悪党で、兄貴分たちに小突き回されながら追い使われている身だったので、水谷に睨まれただけで、自分の饅頭を半ば、諦めた。

水谷の太い腕が伸びてくる。竹皮の包みごと饅頭を奪われた。

（せめて、半分ぐらい……）

伸吉は未練たらしい目で奪われた饅頭を見つめた。

水谷は、饅頭を手に取ると、鼻の下に持っていって臭いを嗅《か》いだ。

それ自体は珍しくもない行為である。江戸の食品は基本、江戸市外の遠くから運ばれてくる。物によっては腐敗していることもある。食べる前の用心は必須であった。

しかし、饅頭の腐敗を気にするというのは珍しい。

水谷弥五郎は饅頭を二つに割った。小麦を蒸《ふ》かした皮の中に餡《あん》がつまっている。おもわず仲吉はゴクリと生唾を飲んでしまった。

生唾を飲んだのは周囲の囚人たちも同様である。仲吉と水谷の遣り取りをおそるおそる横目で見ていたのだが、餡が出てきて一気に食欲をかきたてられたものらしい。

水谷はチラリと視線を横に投げた。

「食うか」

囚人の一人にさりげなく、半分にした饅頭を差し出した。

その囚人は安中《あんなか》ノ彦六《ひころく》という男で、強盗や強姦などを繰り返したあげくにお縄になった極悪人だ。性格が悪く、どうせ死罪だと開き直っていて、せめて残された時間を楽しく過ごしたいとでもいうのか、囚人仲間を苛めることを生き甲斐《がい》にしていた。牢内の役目は詰番である。

「へへっ、いただきやすぜ」

彦六は図々しく手を出して、イタチによく似た顔つきを綻《ほころ》ばせた。水谷の気が変わる前に、とでも言うのか、一気に食って、良く嚙みもせずに飲みこんだ。

伸吉も、他の囚人たちも、羨《うらや》ましいような、恨めしいような顔つきで彦六と、残された半分の饅頭を見た。次にその半分を貰えるのが自分でありますように、と全員で祈っている。

彦六は口の回りを舌で舐めると、満足そうに笑った。

「ごっそさんで」

腹をさすりながら自分の居場所に戻っていく。詰番の彼には畳が一枚、あてがわれていた。その畳の上に大儀そうに腰を下ろした。

水谷は饅頭の半分を手にしたまま、無言で彦六を見つめている。彦六は首筋のあたりを掻いていたが、やがてゴロリと寝ころがった。

「旦那……」

伸吉が堪《たま》り兼ねて水谷に声をかけた。食べないのなら、その半分を返してほしい。

「待て」

水谷は彦六に目を向けたまま、低い声で伸吉を制した。いったい彦六の何がそんなに気になるのか、伸吉にはさっぱりわからない。

不思議な沈黙がどれぐらい続いたのであろうか、突然、彦六がうめき声を洩《も》らしはじめた。

「ち、畜生、なんだこれは」

腹を抱えて悶絶し始める。

「腹が痛《いて》ぇ！　畜生め、なんだこりゃあ、ああ苦しいッ！　くそっ、胸まで苦しくなってきやがったッ」

今度は首を掻きむしる。顔面が紅潮した。さらにドス黒く変色する。

「苦しいッ、苦しいッ！　助けてくれッ、ぐわっ、ゲホッ……」

彦六は激しく吐血《とけつ》した。回りにいた囚人たちが慌てて飛び退いた。

「疫病か！」

牢名主が悲鳴をあげた。これが感染する病であったなら、こんなに激しく吐血されたのだ、この牢内の全員に感染してしまう。

「いいや、違う」

水谷弥五郎は饅頭を手にしたまま、彦六に歩み寄った。彦六は身体を痙攣《けいれん》させていたが、やがて絶息した。

「毒を食わされたのだ」

仲吉が跳ね上がった。

「それじゃあ、その饅頭に！」

「そういうことだな。お前は仲間に始末されるところだったのだ」

仲吉と、囚人たちの視線が、水谷が手にした饅頭に注がれた。今度は一転、恐怖に満ちた顔つきであった。

「おい、牢屋役人！」

水谷は格子の外に声を放った。

すぐに牢屋役人がやって来て、彦六の死体を検《あらた》めた。医者が呼ばれて死体が運び出される。水谷はなにやら、牢屋役人に耳打ちをした。

四

その日の夜、牢屋敷の裏門がこっそりと開き、大八車に乗せられた死体がひとつ、運び出された。

牢屋敷の罪人は、死んでも遺族に引き渡されることはない。葬式も供養も許されないのだ。千住の小塚原《こづかっぱら》か品川の鈴ヶ森《すずがもり》に運ばれて、刑場の隅に掘られた穴に投げ込まれるだけであった。それは土葬ではない。遺棄である。

牢屋敷に勤める下役が二人、無言で大八車を引いていく。小伝馬町は日本橋にも近い。昼間は人出で賑わう目抜き通りだが、この深夜には人の気配もなかった。車軸の軋《きし》む音だけが町家の壁に不気味に響くばかりである。

死体には筵《むしろ》が被されていた。人目に触れぬようにひっそりと市中を通り抜ける。この道中では稀に、遺族が死体の引き渡しを願い出てくることがある。牢屋の下役の者たちは袖の下と引き換えに死体を下げ渡す。これは一種の役得と考えられていた。

しかし、この死体には身寄りもいないらしく、声をかけてくるものは一人もいなかった。下役たちは不機嫌に大八車を引いて、小塚原の刑場に入った。

下役たちは無言で死体を担ぎ上げると、すでに掘られていた大穴に向かって投げ捨てた。そして目もくれずに大八車を引いて帰っていった。

深夜の刑場に静寂が戻る。草の原を野良犬が走り抜けていく。捨てられた死体の肉をあさりに来たのであろうか。

四半時（三十分）ほど過ぎたであろうか。近くの草むらに身をひそめていた男が二人、むっくりと立ち上がった。忍びやかな足どりで穴に近づいて行く。

「おい、こっちだ。種火を寄越せ」

夜霧の一党の伝五郎が、弟分の源助を呼んだ。

「へい、兄ィ」

闇の中に突然、眩《まばゆ》い明かりが灯《とも》った。伝五郎が提灯《ちょうちん》に火を入れたのだ。闇に目が慣れた者たちにとっては、驚くほどに鮮烈な明かるさである。

二人は穴の縁に屈み込み、提灯を翳《かざ》して、捨てられている死体を一つ一つ確かめた。

「こいつか？」

「どうも、そうらしいですぜ。筵がまだ新しいや。今夜投げ入れられたモンに違《ちげ》ぇねぇですぜ」

「ようし、捲《めく》ってみろ」

「へい」

源助が穴の中に飛び込んだ。

「伸吉、俺を恨んでくれるなよ」

こんな悪党でも死霊の祟《たた》りは恐ろしいのか、筵に手をかける前に手を合わせて拝む。

「おい、早くしねぇか」

「へい、わかってやすよ」

源助は筵を摘《つま》んで逡巡《しゅんじゅん》していたが、意を決して捲りあげた。そして「アッ」と叫んだ。

「違いやすぜ。仲吉の野郎じゃねぇ」

「それじゃ別の死体だ。この穴に投げ込んだのは間違いねぇんだ。仲吉を探せ」

と、その時。

「どんなに探しても仲吉の死体は出てこねぇよ」

破《わ》れ鐘《がね》のように錆びついた声が刑場に響きわたった。

伝五郎と源助はギョッとして目を剝いた。伝五郎は急いで提灯を吹き消した。

闇の中から声だけが聞こえてくる。

「差し入れの饅頭で仲吉を殺そうとしやがったな。同じ釜の飯を食った弟分を殺そうとは、呆《あき》れ返ってものも言えねぇ」

「どうしてそれを……」

声の主がせせら笑った。

「手前ェたちの足りない頭で考えつきそうなことなんざ、南町の八巻様は先刻お見通しなんだよ。仲吉を殺させるわけにはいかねぇ。代りに死んだのは彦六っていうケチな押し込みさ」

「兄ィ！　全部バレちまってるよ」

源助が泣きそうな声を洩らした。

「黙ってろ」

伝五郎は提灯を投げ捨てると、懐の匕首を握りしめた。

「畜生め、手前ェはいってぇどこのどいつだ。ツラぁ出しやがれッ」

「俺のツラかい？　いいだろう」

茶色の羽織を着け、着流しの裾を尻端折《しりはしょ》りした男が立ち上がった。背丈は低いが横幅のあるガッチリとした体型だ。立ち姿にも隙がない。

「何モンだッ」

男はニヤリと笑った。

「名乗るほどの者じゃあねぇが、せっかくだ。憚《はばか》りながら名乗ってやろう。南町の八巻様の一ノ子分の、荒海ノ三右衛門ってぇのはおいらのことだ」

源助が息を呑んだ。

「荒海ノ三右衛門！」

侠客の世界ではそれと知られた大親分だ。が、なぜか改心して同心の八巻の配下になったという。荒海ノ三右衛門を手下に使っているという事実が、八巻卯之吉を、さらに大物に見せていた。

刑場のあちこちで龕灯《がんどう》が掲げられた。荒海一家の印半纏《しるしばんてん》を着けた男衆によって刑場は完全に取り囲まれていた。源助は完全に恐れ入って、ヘナヘナとその場にへたり込んだ。

「ちっくしょうめ！」

それでも伝五郎は匕首を抜いて、三右衛門目掛けて襲いかかった。だが、三右衛門の周囲には喧嘩馴れした手下たちが控えている。伝五郎を迎え撃って、匕首と匕首で斬り結び始めた。

「野郎ども、これは喧嘩じゃねぇんだ。南の八巻様の御用だぜ。殺すんじゃねぇぞ。とっ捕まえろ」

三右衛門は念を押した。それぐらいに余裕のある戦いであった。伝五郎は匕首を叩き落とされ、四方八方から殴る蹴るされて、たちまちのうちに取り押さえられてしまったのだ。

荒海一家に捕らえられた伝五郎と源助は、大番屋ではなく、直接牢屋敷に送りこまれた。改番所の一角に座らされる。牢屋役人の立ち会いで、名前や生国などを質《ただ》されていた。

改番所の格子窓の外から、息をひそめて伸吉が覗きこんでいる。

「手前ェの兄貴分に間違《まちげ》えねぇか」

三右衛門に訊《き》かれて、無言で頷いた。

両目を見開いて伝五郎と源助を凝視する。その目が真っ赤に充血していた。

三右衛門は伸吉の耳元で囁《ささや》いた。

「弟分のお前ェが、確かに毒饅頭を食ってくたばったかどうか、死体を検めにきたんだぜ」

伸吉の身体が小刻みに震えた。見開かれた目は瞬きもせずに、兄貴分二人を凝視し続けていた。

「もういいぜ伸吉。もう十分だ」

三右衛門は格子窓を閉めた。

「こっちへこい。旦那が待ってる」

五

「そうかぇ、差し入れに毒が入れられたのかえ」

卯之吉が複雑な表情をした。

「酷いことをするねぇ」

穿鑿所《せんさくじょ》には石畳が敷かれている。仲吉はそのうえに正座させられている。薄暗くて、寒くて、湿った場所だ。季節は初冬。冷気は石畳からシンシンと沁みてくる。

仲吉は視線を上げた。一段高い板敷きに若い同心がすっきりしゃんと腰掛けている。役者のように美しい顔だちの、華奢《きゃしゃ》な体軀《たいく》の男だ。「南町の八巻」と名乗られて仲吉は心底から驚いた。

（これが、人斬り同心の八巻なのかよ……）

とてもそのようには見えないが、しかし、あの佐久田さんはこの同心と戦って命を落としたのだ。信じられないが事実なのである。

八巻の背後には、貫禄のある親分と、四人仲間だった水谷弥五郎が控えている。

由利之丞からの知らせを受けた卯之吉は、伸吉の暗殺を防ぐため、水谷弥五郎を牢内に送り込むことにした。相手はどんな手を使ってくるかわからない。毒殺か、牢内での私刑か。いかなる手段を取ったとしても、はね除《の》けることのできる力量がある者によって伸吉を護らねばならない。それが出来るのは水谷弥五郎しかいなかった。

卯之吉は奉行所同心の顔と、いつもの賂で牢屋役人を説き伏せて、水谷を牢内に送ったのである。

（水谷は八巻の手《て》下《か》だったのか）と伸吉は気づいた。

人斬り浪人として恐れられた水谷弥五郎を顎で使っている。伝五郎と源助を捕まえた親分の貫禄もただごとではない。こんな凄腕の二人を手下にしているのである。やはり八巻は、噂通りの傑物なのだ。

その八巻本人はとても穏やかな顔をしている。能面のように整った顔がほんのりと微笑を含んでいた。これこそが本物の剣豪の風格というものなのか。

そう思うと伸吉は、小便を洩らしそうになるほどに恐ろしくなった。

「いずれにしても殺されなくて良かった。由利之丞さんのお手柄だったね」

卯之吉は水谷弥五郎に目を向けた。水谷はいつもの黒い袴姿に戻っている。四人服から着替えて、本人は「さっぱりした」という顔をしているが、どちらかというと今の姿のほうがむさ苦しく見える。

「うむ、危ういところであった」

「水谷さんの機転に助けられたよ」

それから卯之吉は、「仲吉さん」と呼びかけた。

「水谷さんに感謝しなくちゃいけないね」

「へっ、へいっ！」

仲吉の頭でも、うすうす事情が察せられてきた。八巻の手配で自分の命が救われたのだ。

「旦那は、あっしの命が狙われるのを見越して……」

「まぁ、そういうことだね。間に合ってよかったよ。どんな手を使ってくるかわからなかったからね、水谷さんに牢に入ってもらったんだ」

「なぁに。相応の礼金はちゃんと頂戴しておるわ」

水谷は豪快に笑った。役目を無事に果たし終えて、彼なりに満足しているのであろう。

「身代わりに死んだ彦六には災難だったがな」

「なぁに、水谷先生。どうせ早晩獄門首の悪党ですぜ。囚人仲間を苛めるような野郎には当然の報いでさぁ。気になさることはございませんぜ」

三右衛門が言う。とはいえ、あんな恐ろしい死に方は嫌だ。と仲吉は思った。この人たちが救いの手を差し伸べてくれなかったら、血を吐いて悶絶しながら死んだのは自分だったのだ。

「それにしても、手前ェの子分の命を取りにかかるたぁ、悪党の風上にも置けねぇ野郎だ。許せねぇ」

三右衛門が頭から湯気を立てて激昂している。三右衛門も子分衆を大勢抱えている。トカゲの尻尾《しっぽ》のように子分を使い捨てにするやり方は、三右衛門には許し難いことなのであった。

仲吉の目に涙がこみあげてきた。我慢したくても我慢しきれず、ついに仲吉は号泣し始めた。

仲吉は父親の顔を知らない。それだけに、盗人として鍛えてくれた治郎兵衛を実の父親のように慕っていた。「こんな頼もしい大親分が本当の親父だったらどんなに誇らしいことだろう」と思っており、だからこそ命じられた仕事は命にかえても遂行した。治郎兵衛に褒められることがなにより嬉しかったのである。

それなのに、その治郎兵衛に裏切られた。

こっちは治郎兵衛のためを思い、どんなきつい牢問にも耐えた。責め殺されてもかまわない、この命はお頭に捧げたのだ、そう決意して頑張ったのだ。

それなのに、こんなに頑張ってきたのに、その思いを踏みにじられた。

最初は「まさか」と疑った。役人による手の込んだ芝居だろう、と考えた。仲間割れを演出して、情報を引き出そうという卑劣な手口だ。

しかし、自分の死体を確認しにきたという伝五郎と源助が刑場で捕まった。もはや疑いの余地はなくなってしまったのだ。

仲吉は泣いた。穿鑿所の石畳を何度も殴って泣いた。拳の皮が破れて血が流れたが殴り続けた。

卯之吉が仲吉を静かな眼差しで見つめている。

「それで仲吉さん、まだ自分の親分さんに義理立てをなさるおつもりかえ」

「いいや、おいらは……」

泣き腫《は》らした目を上げた時、仲吉の顔は復讐の鬼のように殺気だっていた。

「なんでも白状いたしやす。南町一の切れ者と評判の八巻様が、あっしのようなケチな野郎を直々に吟味してくださるんだ。しがねぇ小悪党には生涯の誉れでございやす。どうぞ、ご存分にご詮議くだせぇ」

「うん。それじゃあ聞くけど、お前さんのお頭はどこのどなただぇ」

「へい」

仲吉の目がギラリと光った。青二才の小悪党なりに、不敵な面魂を見せた。

「南町一の八巻様のことだ。とうにお察しはついておられましょう。お察しの上であっしに目をつけたのに違ぇねぇ。いかにもお察しの通りにごぜぇやす。あっしの頭は、夜霧ノ治郎兵衛なんでごぜぇやす」

卯之吉は驚愕《きょうがく》のあまり、おもわず馬鹿ヅラを晒《さら》してしまった。直後に三右衛門が喚《わめ》きはじめなかったら、とんでもない醜態を晒しかねないところであった。

「さすがは旦那だ！　旦那が探索していなすったのは夜霧ノ治郎兵衛一党だったのですかい！　いや、恐れ入りやした！　この荒海ノ三右衛門が、丁稚《でっち》小僧のように何もわからないままに追い使われていたとは！　さすがは旦那だ！」

さすがだ、恐れ入っただと、三右衛門は大声で繰り返した。

それにしても、とんでもない大物が網に引っかかったものである。

卯之吉は「これからいったいどうしよう」と頭を抱えてしまった。

第六章　貧乏長屋の一万両

一

「さぁて、困ったねぇ。どうしようかねぇ」

卯之吉は一人で思案投首している。

もっとも、いつも同様に気合の抜けきった顔つきをしているので、あまり深刻に悩んでいるようには見えない。

しかし、そこは長年の付き合いであるから、銀八だけは、若旦那が珍しく真面目に、物思いに耽《ふけ》っていることに気づいた。

「どうしたんでげすか？」

幇間らしい図々しさで真っ正面から訊ねる。

　卯之吉は、女形《おやま》のように色白で、整った容貌をますます曇らせた。

「うん。夜霧の一党の配下を三人も捕まえちまった、ということをね、いったいどうやって、どなたに打ち明けたらいいもんだろうか、とね、そんなことを考えていたら、なんだか憂鬱《ゆううつ》になってきたんだよ」

　なにゆえ悩むのか銀八には理解できない。堂々と胸を張って大声で上役に報告すればよいではないか。百人の同心がいれば、百人がそうするに違いない。

　そのように言うと若旦那は、

「三廻の同心は南北合わせても二十四人しかいないよ」

　と、的外れなことを言った。

「とにかくでげすね、若旦那の大手柄なんですから、真っ正直に申し上げやしょうよ。きっとお褒めを頂けます。ご褒美だって頂戴できるんでげすよ」

「そんなものに興味はないよ。お奉行様からのご褒美なんて、たかが一両や二両じゃないか」

　とんでもなく不遜《ふそん》なことを言い出した。誰かに聞かれたら切腹モノだ。銀八は冷や汗まみれで周囲を見回した。

　卯之吉は大きなため息をもらした。

「あたしはね、金で同心株を買った日陰者だよ。なにゆえにあたしが同心になれたのか、それをね、根掘り葉掘り調べられたらお終《しま》いだもの」

「それは、そうかも知れねぇでげす」

「だからね、あたしは極力、人目につきたくはないんだよ。『あいつはいったい何者なのだ』なぁんて詮索されたりしたら大変だ。手柄を立てるなんて、以ての外だよ」

今だって十分に人目についているし、「あいつはいったい何者なのだ」と詮索されているはずだが、本人はまったく気づいていない様子だ。

「へぇ、若旦那も気苦労が絶えませんでげすなぁ」

銀八は職業柄、心にもないお追従《ついしょう》を言った。

「やっぱりあれかね、沢田様に全部押しつけちまうのがいいのかねぇ」

「えっ、沢田様にでげすか」

手柄を譲ることを「押しつける」と表現するのはこの世で卯之吉一人だけであろう。

「そうだ。そうしよう。それに決めた」

一転、晴れ晴れとした顔つきになると、黒羽織の袖口に両手を入れて、左右に振りながら歩きはじめた。まるっきり、朝帰りの遊蕩児《ゆうとうじ》のような歩き方であった。

卯之吉よりの知らせを受けた沢田彦太郎は、勇躍、捕り方を召集して、平松町の讃岐屋を急襲した。しかし、夜霧ノ治郎兵衛も然《さ》る者である。すでに行方を晦《くら》ましていた。一味が根城にしていた二階座敷には、手掛かりどころか塵《ちり》のひとつも残されてはいなかったのである。

「畜生ッ、このド腐れがっ！」

上方の豪商の、洗練された粋人の仮面などとっくに脱ぎ捨て、冷酷非道な凶賊の本性を露《あらわ》にさせた治郎兵衛が、幼児のように地団駄を踏んで悔しがっている。

ここは讃岐屋から三町ほど離れた裏路地にある甘味屋『吉乃《よしの》』である。治郎兵衛を尾行した町奉行所の密偵、与八郎が引きこまれて密殺されたあの店だ。与八郎の死体は今もこの店の地下に埋められている。

讃岐屋に奉行所の手が伸びてきた場合に備えて作っておいた第二の根城であった。普段は一味の女、お峰に預けられていた。

二階座敷の窓から、下の通りを走る捕り方どもを、治郎兵衛は複雑な思いで見送った。

とりあえずは無事に逃げ延びることができた。治郎兵衛の用心が役立ったわけだが、けっして満足できる結果ではない。讃岐屋に手入れをくらったことそのものが、治郎兵衛の敗北を意味していたからだ。

治郎兵衛は窓障子をピシャリと閉めると、盛んに悪態をつきながら、イライラと座敷内を歩き回った。

おそらく自分の正体も嗅《か》ぎつけられたに違いない。草津屋治郎兵衛と夜霧ノ治郎兵衛とが同一人物であると露顕してしまった。今頃は江戸町奉行所の急飛脚が大坂に向かっているはずだ。数日後には大坂町奉行所の手入れが草津屋に入る。身代を残らず差し押さえられてしまうに違いない。

もはや、掛屋《かけや》の株を手に入れるどころの話ではなくなった。長年の盗人働きで貯めこんだ金も、それを元手にして大きくした店も、根こそぎ奪われてしまったのだ。いったい自分の半生とはなんだったのか。なんのために今日まで苦労してきたのか。治郎兵衛は大声で泣きたくなった。

「こうなったら、あの一万両だけは手に入れたる。あの一万両を元手に、一から出直しや」

人生はまだ終わったわけではない。一万両の元手があれば商売を建て直すこともできる。今度は奥州《おうしゅう》にでも移って回船問屋を始めるのがいいかも知れない。などと思案を巡らせながら、治郎兵衛は階段を降りて店の裏手に回った。甘味屋の裏手の隠し座敷に夜霧の一党が集まっている。勢揃いというわけにはいかない。すでに五人の配下を失っている。なにやらもの淋しさを感じさせる集まりとなってしまった。

治郎兵衛は頭目としての貫禄を取り繕いながらドッカリと腰を下ろした。焦《あせ》ったり、悔やんだりしている姿を配下の者どもに見せるわけにはいかない。

「一万両は、是非《ぜひ》にも手に入れなければならんでぇ」

血走った目を狂的に光らせながら、治郎兵衛は言った。

一万両が太吉の長屋に埋められていることを、治郎兵衛は配下の者たちに語って聞かせた。もはや、秘密にはしてはおけない。総出でかかって取り返さなければならない。重ね重ねの失態で意気消沈した一党を鼓舞せねばならないこともある。配下の者どもが治郎兵衛の力量に疑いを持ったかも知れないわけで、彼らの気持ちを引き止める算段も必要だったのだ。

小頭の忠蔵が「はっ」と頭を下げた。

「しかし、町方の者どもは、より一層目を光らせて、市中を見廻りいたしておりますが」

「そんなことは言われずともわかっとんのや！　町方の目を一時、どこかに引き付けとけばええんや！　その隙に太吉の長屋を襲ぅたる。もう、まだるっこしいことを言うとる場合やないで。貧乏人どもを皆殺しにしたってかまわん！」

治郎兵衛がここまで激怒することは珍しい。配下の者どもは皆、恐れて顔も上げられない。

一人、蛇《くちなわ》ノ平三だけが、しらけたような顔つきを治郎兵衛に向けた。

「お頭、奉行所の役人どもを、どこかに引き付けることができれば良いんですかえ」

「そうや」

「何か大きな騒ぎを、アイツらが居ても立ってもいられなくなるような、揃って駆けつけずにはいられないような、そんな騒ぎを起こせば良いってことで？」

「その通りや平三。なんぞ、思いついたことでもあるんか」

「いや、まだ、なんとも……」

平三はバツが悪そうに首を竦《すく》めた。

「ちっ、どいつもこいつも。たまには名案のひとつも持ってこんかい」

「へい、面目ねぇ」

「まぁ、その手立てはわいが考えたるわい。お前らはせいぜい、町方に捕まらんように気ィつけることや。ちょっとでも怪しい気配を感じたら、すぐに塒《ねぐら》を変えるんやで」

「へい」と答えて一党は解散した。

帰り道、たまたま一緒になったふうを装って、忠蔵は平三に歩み寄った。

「おい平三、なんだいさっきの物言いは」

「へい、兄ィ」

平三はまたも言葉を濁して照れ笑いした。「名案を思いついて腹中に隠してあります」と顔に書いてある。

「何を思いついたんだ。言ってみねぇ」

「へぇ。町方の連中をどこかに引き付けとけば良いっていう、治郎兵衛の言葉を聞いて、思いつきやした。これなら町方が総出で出役する、一人残らず一ヵ所に駆けつけてくる。その間に、油の壺を運ぼうが、太吉の長屋で付け火をしようが、誰も咎《とが》めには出てこれねぇ。そんな上策があるんでさぁ」

「なんだよ。もったいつけてねぇで言ってみろい」

平三は、冷たい眼差しを底意地悪そうに光らせた。

「夜霧ノ治郎兵衛一味の隠れ家を、町奉行所に密告してやるんでさぁ」

「なんだとッ」

「そうすりゃあ、捕り方どもは『吉乃』に全員揃って押しかけやすぜ。その隙においらと兄貴で長屋に火を……ってぇ寸法でさぁ」

暫《しば》し愕然《がくぜん》として言葉を失っていた忠蔵だったが、やがて、気を取り直したのか、ニヤリと笑った。

「なるほどそいつは上策だぜ平三よ。お前《め》ェ、案外、軍師の素質でもあるんじゃねぇのか」

「へへっ、どうも」

「治郎兵衛は町方に始末して貰い、一万両は俺たちのもの。夜霧の一党は俺たちで跡目を襲うってか」

「へい。忠蔵兄ィが二代目の夜霧ノお頭だ」

「お前ェが小頭だぜ平三」

「へい。よろしくお頼み申します、忠蔵のお頭」

二人の悪党は、視線をギラギラと滾《たぎ》らせながら笑みを交わしあった。

二

伝五郎と源助は取り調べのため、唐丸籠《とうまるかご》に入れられて牢屋敷から南町奉行所に護送された。物見高い江戸っ子たちがすぐに沿道に集まってきた。

夜霧の一党といえば、五年前に江戸の大店《おおだな》をさんざんに荒らしまくり、一万両もの金を盗みおおせたうえに、南北奉行所の手配の網をくぐり抜け、手掛かりひとつ残さずに逃げ果《おお》せた怪盗である。いったいどんな顔つきの、どんな男たちであるのか、野次馬根性をかきたてられずにはいられない。

沿道に集まった人だかりの中に、忠蔵と平三、お峰の姿もあった。せめてもの餞《はなむけ》に、仲間の移送を見送ってやろうと思ったのである。

「きやがったぜ」

唐丸籠がやって来る。灰色の小袖一枚の上に縄を掛けられた伝五郎と源助が乗せられていた。

牢屋敷では厳しい詮議を受けたのであろう。たったの二日でげっそりと窶《やつ》れている。顔色が良くない。さらには着物一枚だけで寒風に晒《さら》されている。唐丸籠は竹を編んで出来ているが、籠の目が荒いので風は吹き抜け放題である。伝五郎はそれでも毅然《きぜん》と耐えていたが、源助にいたっては惨めに鼻水まで垂らしていた。

唐丸籠の周囲は、町奉行所の小者たちと、黒巻羽織の同心たちによって固められていた。一党による奪還を防ぐためだが、逆に、奪還しにくるのを待ち構えているようにも見える。いつでも抜刀できるように刀を閂《かんぬき》に差した役人たちが、不敵な笑みを周囲の人だかりに投げつけていた。

「畜生め、むかっ腹が立つぜ」

平三は腹にすえかねた様子で毒づいた。

「おっと、来たぜ。あいつが八巻だ」

忠蔵が平三とお峰に注意を促した。同心たちの最後尾をフラフラと、妙な足どりで華奢《きやしや》な体躯《たいく》の男が歩いている。

「あれが噂の人斬り同心かぇ」

平三が呆《あき》れたような声を出した。あんな細身の優男《やさおとこ》など、片手で突き飛ばしただけで押し倒すことができそうだ。

「どう見たって、遊び人の放蕩息子にしか見えねぇぜ」

「そうじゃねぇ」

忠蔵は舌打ちした。

「本当の剣客ってのは、殺気は腹の内に納め、悠揚《ゆうよう》迫らず、ちょっと見には大人しそうに見えるもんなんだぜ」

確かにヤクザ者の世界でも、無闇矢鱈《むやみやたら》にすごんでいるのは三下だ。本当に強い男は物静かに構えているものである。

「良く見てみろよ、あの余裕を。他の同心どもはいつ襲われてもいいように身構えていやがるが、八巻の野郎は最後尾につきながらひとつも焦っちゃいねぇんだ。あれはよほど、手前ェ《めェ》の腕に自信がある証拠だぜ」

「そ、そうかも知れねぇ……」

平三も次第に不安になってきた。なんといってもあの同心は、佐久田と真っ向から斬り結んで倒したのである。

「それにしても、好《い》い男じゃないかぇ」

お峰が科《しな》をつくりながら囁《ささや》いた。口元が艶然《えんぜん》と微笑んでいる。

忠蔵は呆れた。

「ほざけお峰。手前ェ、佐久田の旦那のイロだったんじゃねぇのかい。あの同心野郎は佐久田の旦那の敵《かたき》だぜ」

お峰は「フン」と鼻先でせせら笑った。

「冗談言うんじゃないよ。あたしは誰の女でもないのサ」

「手前ェ、まさかこの件から抜けるつもりじゃあねぇだろうな」

「さぁて、どうだかねぇ。……なんだかさ、最近のお頭はすっかり間が抜けているじゃないか。あんな男についていってもろくなことにはなりゃしない、ってね。あたしの直感がそう言ってるのさ」

「まぁな、それは俺も同じだ」

忠蔵はお峰を見つめ直した。

「そんならどうだえ。お頭は捨てて、この俺の手下《てか》にならねぇか」

お峰は「アハハ」と笑った。

「それこそ冗談じゃない。あんたと平三、二人分のオツムを合わせたって、治郎兵衛に敵《かな》うもんかい。ましてあの、八巻って同心には敵いやしないだろうサ」

「なんだと、この女《あま》！」

お峰はヒラリと身を翻《ひるがえ》して雑踏に逃れた。

「それじゃあお二人さん、ご機嫌よう」

厭味《いやみ》ったらしい笑顔を向けると、色香たっぷりに腰を折り、そのまま人込みに紛れて消えた。

（八巻はあたしが一人で倒すよ）

あの白面郎を見ているうちにゾクゾクと身が震えてきた。どうあってもあの色男を、我が腕の中で縊《くび》り殺してやりたくなった。

その瞬間を想像しただけでカアッと脳髄が焼ける。身も心も蕩《とろ》けてしまいそうな喜びだ。しかし、それには周到な手回しが要る。相手はなんといっても今評判の、南町一の切れ者同心なのである。

（どうやって殺してやろうか……）

お峰は、縁日の小娘のように軽やかな足どりで、江戸の雑踏を走り抜けた。


卯之吉は、だらけきった心持ちで行列の後ろを歩いている。たった二人の科人《とがにん》を運ぶぐらいのことで、こんな大行列を作る必要もないんじゃないの、などと思っていた。さらに言えば、仮に騒動が起こったとしても、自分のように非力な放蕩者が役に立つとも思えなかった。

だから余計に気合が抜ける。なにやら、ただ歩いていることすら、面倒くさくなってきた。

その時。引きつった表情で目配せする男の顔が視界の隅に飛び込んできた。

「おや」と、卯之吉は視線を向けた。

「長岡町の町役人の庄助さんじゃないかぇ。お前さんも科人の御見物かい。歳に似合わずやじ馬なんだねぇ」

声をかけられた庄助は、顔面も真っ青、身を小刻みに震わせて、足をもつれさせながら歩み寄ってきた。

「ええ。見物でございます。とんでもないものを見てしまいましたよ！」

「とんでもないもの？　それはなんです。まぁ、落ち着きなさいましよ」

「落ち着いてなどいられませんて。だ、旦那！　ぜひ、お耳に入れておきたいことがあるんですよッ」

「なんです。血相を変えて」

「はい、血相も変わります。あの、唐丸籠の科人ですがね」

「どっち？　前のほう？　後ろのほう？」

「前のほうですよ」

「ああ、伝五郎さんか。それで、伝さんがどうかなすったのかい」

「ええ、あたしの目に間違いはございません！　あのお人こそが、太吉さんに金を貸したと言って、お直ちゃんのところに乗り込んできた番頭さんですよ！」

「えっ……」

卯之吉の頭の中で、何かと何かが、激しく明滅しながら結びつきあった。

「借金の形に大家の株を寄越せと迫った――っていうお人かえ」

「はい、左様でございます。あたしも驚いたのなんのって。あっ、旦那ッ、どちらへ」

卯之吉は行列を離れると、やじ馬をかき分けて走り出た。向かう先は赤坂新町の、荒海ノ三右衛門のところである。

卯之吉は必死に走った。が、元々が体力のない若旦那である。しかも、小伝馬町から赤坂にかけては意外にきつい上り坂が連続していた。

もう走れない。ヘトヘトだ。仕方なく卯之吉は町駕籠《かご》を拾った。

「赤坂新町まで急いどくれ」

声をかけるやいなや駕籠に乗り込む。駕籠かき二人は目を丸くさせた。

武士というものには体面があり、病人や老人でもないかぎり駕籠などは使わない。病人や老人だって、外聞を気にして、無理にでも自分の足で歩こうとするものだ。

しかも黒巻羽織の姿。一目で町奉行所の同心だとわかってしまう。こんなお人を町駕籠に乗せて運んだりしたら、あとでお咎《とが》めをくらうのではあるまいか。と、駕籠かき二人は考えた。

卯之吉は、一向に駕籠を担ごうとしない駕籠かき二人を見て、まったく別のことを考えた。客の足元を見て渋っているのだと思ったのだ。

「酒手は弾むよ。さぁ、早く出しておくれな」

一分金を出して手渡した。駕籠代としては法外な値段だ。

「へ、へいっ！」

金の力は絶大である。どうにでもなれ、という顔つきで、駕籠かきは長棒に肩を入れた。

「行くぜ相棒。突っ走れ！」

「応よっ！」

一分金の燃料で駕籠は赤坂に向かって疾走を開始した。

「御免よッ」

卯之吉は駕籠から転がり出ると、荒海一家のヤサに駆け込んだ。

「あっ、これは、八巻の旦那じゃございませんか」

代貸の寅三《とらぞう》がゲジゲジ眉に精一杯の愛想を浮かべた。

「親分さんは」

奥の暖簾《のれん》をかき分けながら、三右衛門がすぐに顔を出した。

「子分どもの前で『親分さん』はやめてくだせぇ。格好がつきやせんから」

ガラにもなく惨めな顔をしている。

「ああ、いたね。大変なことがわかったんだよ！　聞いておくれな」

「へ、へい。とにかく店先じゃなんですから、お上がりくだせぇ」

卯之吉は居間に上がったのだが、あまりに興奮していたためか、腰の刀を抜き忘れて、板戸や柱に鞘をガシガシと当ててしまった。騒々しい音を立てながら奥の座敷に向かう。

生まれついての武士は、家に上がると同時に無意識に長刀を腰から抜いて手に持ち替える。しかし卯之吉はまだ、武士としての所作が身についていない。

三

夕刻。初冬の日没は早い。景色は群青色に染まっている。

八丁堀の通りを村田銕三郎が苦りきった顔つきで走ってきた。急いで家を飛び出してきたので、身だしなみに気をつかう彼にしては見苦しげな姿だ。

尾上伸平の家の前で、片開き門から飛び出してきた尾上本人にぶつかりそうになった。

「あっ、村田さん」

「尾上か」

二人とも期せずして同じ紙切れを手に握っている。村田が眼光鋭くそれに気づいた。

「お前ェのところにも投げ文かい」

「はい。あっ、村田さんのところにも？」

「ああ、塀の外から投げ込まれたのを、小者が拾った」

二人は文を交換して見せあった。村田の眉間に深い縦皺が刻まれた。

「〝お尋ねの、夜霧ノ治郎兵衛一味は、甘味屋吉乃におりマス〟か。まったく同じ文面だな」

金釘流《かなくぎ》の手跡も似ている。同一人物によって書かれたものだろう。

「どうします、村田さん」

「とにかくお奉行に報告だ。走るぜ」

二人は着流しの裾をはためかせ、十手の朱房を靡《なび》かせながら南町奉行所に駆け込んだ。

内与力の沢田彦太郎は、この投げ文を信用に足ると判断した。仮に信用できなかったとしても、今は藁《わら》をも摑《つか》みたい心境である。

「九十九回の贋《にせ》情報を摑まされたとしても、たったの一回、真実にブチあたればそれで良いのだ」

などと、ガラにもなく訓戒を飛ばして捕り方たちを手配した。

鎖帷子《くさりかたびら》に鉄の手甲、白衣姿に鉢巻きを巻いた同心たちが奉行所の門から走り出ていく。刺股《さすまた》や袖搦《そでがら》み、梯子《はしご》、高張提灯《たかはりぢょうちん》などの捕り物道具を担いだ小者があとに続いた。時ならぬ大騒動に道行く者たちが足を止め、怖々と見送った。

そんな様子を薄笑いを浮かべつつ見守っている男がいた。蛇ノ平三である。

「どうやら町方はこっちの手に乗ったようだな」

存分に活躍してもらい、治郎兵衛を始末してもらわなければならない。

「その隙に邪魔な長屋を焼き払ってやるぜ」

伝五郎や源助らが捕まり、佐久田が死んだといえども、治郎兵衛一味にはまだ小者たち十二、三名がいる。大捕り物になるであろう。番屋の者も江戸市中からかき集められ、長岡町の辺りの警戒などは、ほとんど無視されるに違いない。

平三は身を翻して闇の中を走った。


その頃。卯之吉は、長岡町の貧乏長屋を見渡すことのできる、裏手の雑草の中に身を潜めていた。

さすがに貧乏長屋が建てられているだけあって、この一帯は極め付きの荒地であった。窪んだ土地には汚泥まで溜まっている。身を隠すのにはうってつけだが、あまり長居をしたい場所ではなかった。

そこへ銀八が駆け戻ってきた。

「若旦那、南町の方じゃ大変な捕り物騒ぎでげすよ」

卯之吉の横に屈み込んで報告した。

「ほう、なんの捕り物だい」

「へい。なんでも、夜霧ノ治郎兵衛一党の隠れ家を密告してきたお人がいるとかで。村田様初め、皆々様総出でのご出陣でさぁ」

「ふぅん。そいつは大事だね」

卯之吉は他人事みたいな顔をした。

卯之吉の隣で三右衛門が舌打ちをした。

「旦那、こんな所で張り込んでいる場合じゃねぇですぜ。夜霧の一党を捕まえにいかにゃあ。手柄をみんな取られちまいやすぜ」

三右衛門は早くも半分腰を浮かしかけている。

「まあ、待ちなよ。あたしが上役に言いつけられたのは、ムササビの太吉さんを殺した下手人を引っ捕らえることとさ。そのお人の狙いはわかっている。長屋の下に隠されているお宝だ。いずれ必ず掘りかえしに来る。そこを捕まえれば、あたしの役目は終わりなんだよ」

そう思った卯之吉は、その下手人がやって来るまで根気強く、この長屋を見張ることにしたのである。

「へい」

三右衛門は、しぶしぶと座り直した。卯之吉は長屋に視線を向け続けている。

「それにね、もしかしたら、治郎兵衛たちは今夜、こっちに来るかも知れないじゃないか」

「と、仰《おっしゃ》ると」

「その密告はガセかも知れない。捕り方を一方に引き付けておいて、その隙にここにやって来て、お宝を掘り起こしにかかるかもしれないじゃないか」

三右衛門の顔つきが「パアッ」と明るくなった。

「なるほど！　そこにゃあ気がつきやせんでしたぜ。さすがは旦那だ」

そう言うなり立ち上がった。

「どこへ行くんだい」

「一党が総出で押し出してきたら面倒だ。いくら旦那が剣の使い手でも骨が折れやす。あっしが手下どもを引き連れて参《め》ぇりやすぜ」

「ああ、それは有り難いねぇ」

「それじゃあ、御免なすって」

三右衛門は赤坂新町まで走っていく。

「ねぇ、若旦那」

銀八が横に座りながら言った。

「一切合切、沢田の旦那に打ち明けて、同心様がたに捕縛してもらったほうが良いんじゃねぇんですかい」

太吉の長屋にお宝が埋まっていることも、それが五年前に盗まれた夜霧の一党の隠し金であることも、卯之吉は上役に伝えていない。なにを考えてのことなのか、銀八には理解できないでいる。

「そうしたいのは山々だけどねぇ……。あたしも、夜霧の一党相手の立ち回りなんか、正直御免蒙りたいよ」

卯之吉は言葉を濁した。それでもやはり、銀八を走らせて、状況を奉行所に報告しようとはしなかった。

治郎兵衛は甘味屋吉乃の二階座敷に身を潜めている。長火鉢の前でイライラと莨《たばこ》をふかしていた。

「忠蔵はどこへ行ったんや」

配下の者に訊ねるが、誰も捗々《はかばか》しい返事をしない。それどころか、平三とお峰の姿もないと伝えてきた。

（まさか、尻を捲《まく》ったんやないやろな）

盗人には忠義の心などはない。自分の腕だけを頼りとして、お頭の間を渡り歩く者もいる。治郎兵衛が落ち目だと見てとれば、羽振りの良いお頭のところに移っていっても不思議ではない。

などと考えている自分が忌《い》ま忌《い》ましい。配下の者に見捨てられるかもしれない、などと心配している自分が許せない。

忠蔵、伝五郎、平三、源助、伸吉。客分で殺し屋の佐久田とお峰。幹部たちが残らず消えた一党はなにやらもの淋しい。季節がら、木枯らしが吹き渡っているかのようであった。

江戸に出てきてから、なにをやっても上手くいかない。三国屋の放蕩息子と、南町の八巻のせいである。

二人とも若い。昇竜の勢いがある。老境に差しかかった治郎兵衛の目には彼らの若さが眩《まぶ》しく映る。

もしかしたらあの二人に自分のツキを全部吸い取られてしまったのではあるまいか、などと治郎兵衛は思った。

と、その時。

「お頭ッ」

配下の者が血相を変えて座敷に転がり込んできた。

「表の通りに、南町の高張提灯が……！」

「なんやとッ」

治郎兵衛は窓辺に寄って、細く開けた障子の隙間に目を押し当てた。そして驚《きょう》愕《がく》した。

無数の提灯が路地に並んでいる。白衣に鉢巻き姿も勇ましい同心たちが捕り物用の長十手を構えている。さらには梯子や刺股などを手にした小者たちと、陣笠を被り、火事羽織に野袴を着けた与力の姿が見て取れた。

「捕り方や！」

転がるように畳の上を這って、部屋の隅に置かれた長持の蓋を開ける。長ドスを摑み出すと身を震わせながら腰に差した。

それにしても、どうしてここが分かったのか。

「……まさか、忠蔵と平三が！」

それは「まさか」と思いたい。この場面で手下を疑うのはあまりにも惨めだ。

「だとしたら、八巻か」

切れ者の八巻が、予想もつかない方法でこちらの居場所を突き止めたのか。それもまた、想像すると憂鬱《ゆううつ》になる話だ。

バーンと一階の表戸が破られた。

「夜霧ノ治郎兵衛！　御用である！　出ませィ」

「畜生め」

治郎兵衛は階段を駆け降りた。甘味屋の店先で夜霧の一党の者どもと、踏み込んできた南町奉行所の捕り方が、互いに武器を手にして睨《にら》み合っている。治郎兵衛は割って入ると帳場に立って役人たちを睨みつけた。

「わいが夜霧ノ治郎兵衛や！」

東夷《あずまえびす》の武サ公《ぶさこう》なんぞに負けてたまるか、江戸の札差なんぞに負けてたまるか、駆け出しの同心の、八巻なんぞに負けてたまるか、わしが天下の大泥棒、夜霧ノ治郎兵衛や。

激情を迸《ほとばし》らせながら啖呵《たんか》を切った。

「捕まえられるもんなら、捕まえてみんかい！」

その絶叫が闘争開始の合図となった。「御用だッ」と叫んで捕り方たちが突進する。治郎兵衛も負けじと「いてこましたれ！」と叫び返した。

夜霧の一党が雄叫《おたけ》びをあげながら迎え撃つ。盗人どもとすれば、この場を切り抜けることができなければ死罪になること間違いなしだ。自分の命がかかっている。血眼で必死の形相である。力一杯に長ドスを叩きつけた。

同心が十手で打ち払う。奉行所の小者たちは六尺棒や刺股で応戦した。甘味屋の狭い店内が一瞬にして修羅場と化した。

「ギャッ!」

「ぐわっ」

一党の者たちがのけ反り倒れた。戦況は一方的だった。盗人たちだけが、さんざんに叩きのめされていく。

同心や捕り方は装束の下に鎖帷子を着けていた。長ドスの刃が届いても斬撃効果はほとんどない。打っても打っても効き目がないのであるから、一方的な戦いとならざるをえない。

中でも捕り方を指揮する同心の十手捌《さば》きは恐ろしいほどに冴え渡っていた。斬りかかる長ドスを火花とともに打ち払い、鉤《かぎ》に引っかけて即座にへし折る。ヤクザ者のなまくら刀ではこの同心の長十手には敵わなかった。

「押せッ! 押せッ!」

同心、村田銕三郎は、小悪党に怒りの一撃をくらわせて昏倒《こんとう》させると、捕り方の先頭に立って攻め込んできた。

治郎兵衛はタジタジとなって階段を上って逃がれた。二階座敷に飛び込むと、泳ぐように走って窓の障子を開けた。

手摺りを跨《また》いで屋根に出る。屋根を伝って逃れようとした。

しかし、隣家の屋根にも提灯が掲げられていた。同心や捕り方たちがすでに屋根に上っていたのだ。

「あっ、こっちに来たぞ！」

油断するな、と同心が叫ぶ。治郎兵衛は自棄《やけ》になって突進した。

「おんどりゃあッ、死にさらせッ」

長ドスを振りかざすが、足場の悪い瓦屋根の上だ。しかも瓦という物は、屋根板に載せられているだけで固定されていないから、勢い良く踏めばズルッと軒先へ滑《すべ》ってしまう。

それでも治郎兵衛は、ヨタヨタとよろめきながら突進した。気合ばかりが空回りして、さっぱりはかのゆかない突撃だ。

同心もヨロヨロと応戦する。ついに、長ドスと長十手が打ちあった。

「おりゃっ！」

「応っ！」

勢い余って取っ組み合いになる。足と足とが絡み合って転倒した。そのままもつれ合いながら、瓦もろとも屋根板の上をゴロゴロと転がった。

「尾上様ッ」

捕り方の小者が叫んだ。

「尾上様が落ちるッ！」

尾上と治郎兵衛は取っ組み合いしながら、屋根から落ちた。

「おおっ」

店の前を包囲していた捕り方たちが慌てて避ける。尾上と治郎兵衛は思いきり地面に転落した。土の地面とはいえ、道路であるから、造成された時点で堅く突き固めてある。さらには江戸開闢《かいびゃく》以来百五十年もの間、道行く者たちや荷車によって踏み固められてきた。岩の上に落ちるのも同然の衝撃であった。

「ぐわっ」

蝦蟇《がま》の潰れたような悲鳴をあげたのは、尾上か治郎兵衛か。二人とも全身を強打して息も詰まり、身動きすらできない。

おそるおそる提灯を翳《かざ》した小者が叫んだ。

「夜霧ノ治郎兵衛だッ！」

人相書きを頭に入れていたのであろう。

こうなれば皆、手柄目当て、褒美目当てで目の色が変わる。四方八方から六尺棒が伸びてきて、当たるを幸い叩きまくり始めた。

「待てッ！　まだ俺が……！　痛い！　ちょっと待てったら！」

尾上が情けない悲鳴をあげたが、捕り方たちの攻撃は一向に止む気配がなかった。

四

卯之吉と銀八は長屋の裏手の湿った窪地に隠れている。

日が落ちるのと同時に寒さが厳しくなってきた。卯之吉は身震いをした。

「銀八、火を熾《おこ》しておくれじゃないか」

「火？」

「焚き火でもなんでもいいよ。寒くて死にそうだ」

銀八は呆れた。さっきは頭の切れるところを披露していたのに、一転、我が儘《まま》勝手な若旦那に戻っている。

「こんな所で焚き火なんかしたら、『ここに隠れていますよ』と夜霧の一党に教えてやるようなもんじゃねぇですか」

「そうかねぇ？　うーん、そうだねぇ……。でも寒いよ。凍えるよ」

「辛抱なすってくだせぇ。これがお役目なんでげすから」

卯之吉は泣きそうな顔で鼻水をすすり上げた。

そこへ三右衛門が足音を忍ばせながら戻ってきた。

「悪党どもが来やした」

卯之吉は驚いた顔つきで首を伸ばした。

「来た？　ほんとに？」

「来るって言ったのは旦那じゃねぇですかい。お見立て通りに悪党どもが大八車を押してやって来やしたぜ」

「それじゃあ、仕方がないね。捕まえに行こうか」

卯之吉はノロノロと起き上がった。寒さに凍えて手足も満足に動かせぬ様子であった。

忠蔵と平三は、暗い夜道を大八車を引いてやって来た。荷台には油のたっぷり入った壺を載せている。

「番太郎どもの姿も見えやせんぜ」

平三がほくそ笑む。

「ああ、お前ェの策が当たったようだな」

いかに場末の貧民窟だとはいえ、街角には自身番もあり、番太郎たちが夜道に目を光らせている。しかし今夜は夜霧ノ治郎兵衛を捕縛するため大捕り物が組織され、番太郎たちも彼方に駆り出されていたのだ。

むろん、自身番には必ず誰かが詰めている決まりになっているのだが、残された留守番は町内の隠居老人などだ。冷たい夜風の吹き込むのを嫌い、番屋の戸を締め切りにしている。奥で炬燵《こたつ》にでも当たっているのであろう。

仮に、見咎められたとしても、老人の一人や二人、殺すのも気絶させるのもわけはない。

「ううっ、冷えてきやがったな」

忠蔵が衿をかき寄せた。一方、まだ若い平三は、寒さも気にならない様子だ。

「長屋の者どもも家に引きこもってまさぁ。好都合ですぜ。さっさと火をつけて、あったまりやしょうぜ」

平三は冗談を言って笑った。

二人は大八車を長屋の木戸口の脇に停めた。黒い手拭いでほっかむりをして顔を隠す。それぞれ一つずつ油壺を抱えて木戸をくぐった。

貧乏長屋の住人たちは寝静まっているようだ。住人は早朝から働くので夜が早い。しかも油や蠟燭《ろうそく》を買う金などないから、夜なべ仕事はできないのである。

二人は事前に決めた段取りの通りに油を撒いた。平三は奥から、忠蔵は木戸側からである。

「くそう、湿気《しけ》ていやがるな」

ジメジメとした場所に建てられた貧乏長屋であるから、建材もやけに湿っぽい。忠蔵は念入りにたっぷりと油を撒いた。

二人は油を撒き終えると、長屋の裏手に回った。火をつけたら裏の野原を通って逃げる。さすがに火事となれば、近所の者たちも夜道に飛び出してくるはずだ。姿を見られては厄介《やっかい》だった。

二人は無言で頷《うなず》きあった。忠蔵が懐から革の巾着《きんちゃく》を出した。蒲《がま》の穂綿を出して広げると、そこへ向かって火打ち石を打つ。火花が穂綿に飛び散った。静かに息を吹き掛けると、穂綿がくすぶり始める。種火がチロチロと燃えていた。

この種火を付け木に燃え移らせる。付け木の端には硫黄が塗ってあるので、西洋のマッチのように勢い良く燃える。慣れた者ならほんの片手間の仕事だ。

忠蔵は付け木を蒲の種火に近づけようとした。その時。

「おっと悪党め、そこまでだぜ！」

破れ鐘《われがね》のような啖呵《たんか》とともに、尻端折《しりはしょ》りした男が飛び込んできた。

「あっ」

悪党二人は慌てて飛び退《の》く。その隙に男は、火のくすぶった蒲の穂綿を草鞋《わらじ》で踏み消した。

「何しやがるッ」

平三が怒鳴った。

男は、せせら笑いながら怒鳴り返した。

「『何しやがる』ってのは、こっちの台詞《せりふ》だぜ。オイ悪党ども。手前ェら、夜霧ノ治郎兵衛の一味だな。ムササビの太吉が長屋に隠したお宝を掘り出すために、長屋に火をつけて更地にしようって魂胆か。ところがどっこい、そうは問屋が卸しやしねぇぞ」

忠蔵と平三は愕然とした。どうしてそこまで、こちらの手の内を読まれているのか。

「て、手前ェ、いってぇ、ナニモンだ」

忠蔵が呻《うめ》くようにして訊ねると、男は着物の衿を両手で伸ばして胸を張った。

「聞いて驚くな悪党。南町奉行所一の同心、八巻の旦那の一ノ子分、荒海ノ三右衛門たぁおいらのことよ」

「荒海ノ三右衛門……！　や、八巻の差し金か……！」

「おうよ。江戸の悪党は誰一人として八巻の旦那の千里眼からは逃れられねぇ。手前ェらの悪事なんざ先刻お見通しなんだよ。オイコラ悪党！　神妙にお縄を頂戴しやがれ！」

貧乏長屋の戸が次々と開き、荒海一家の荒くれ者どもが棍棒《こんぼう》を手にして飛び出してきた。本当の住人は余所《よそ》に避難させ、一家の者どもを張り込ませていたのだ。

「平三ッ！」

「兄貴ッ」

「どうやら囲まれたようだぜ！　互いにかまっちゃいられねぇ。手前ェの才覚で逃げろ！」

忠蔵は懐の匕首《あいくち》を引き抜いた。赤鬼のように満面を紅潮させて、荒海一家に突っ込んでいく。

「うおおおおッ！」

滅多やたらに刃物を振り回して暴れ狂った。これには強者《つわもの》揃いの荒海一家も手を焼かされた。

それでも包囲を切り抜けることはできない。一家の者どもは忠蔵を包囲の輪の中心に据え続ける。

「くそっ！　どけっ！」

ほっかむりの手拭いは脱げ落ち、髷《まげ》もほつれてザンバラになりながらも忠蔵は抵抗をやめない。足元に湿った草が絡みついてくる。いつの間にか長屋の裏手の、汚水が溜まった窪地に踏み込んでいた。

「あっ」

ズボッと足が汚泥に沈んだ。身体が傾《かし》げて蹈鞴《たたら》を踏む。泥に刺さった片足が引き抜けない。

「今だ！　やっちまえ」

荒海一家、代貸の寅三が叫んだ。すかさず若い衆が棍棒で殴りかかる。忠蔵の腕を打って匕首を叩き落とした。

若い衆の足も泥に沈む。二人はもつれ合うようにして倒れこんだ。そこへ次々と一家の者たちが躍りかかった。泥の中に忠蔵を押さえ込み、殴り、蹴り、腕を捩《ねじ》り、骨までボッキリと折り曲げた。

「ようし、もういいぜ。お縄にかけろ」

泥水まみれで目鼻の位置もわからなくなったような人体が、泥の中から引き上げられて、雁字搦《がんじがら》めに縛りつけられた。


一方、蛇ノ平三は貧乏長屋の軒下をくぐり抜け、どぶ板を踏み鳴らしながら木戸口へ逃れようとしていた。

「待ちやがれッ」

三右衛門が絶叫する。

平三は若くて身のこなしが軽く、かつ、匕首の扱いが見事であった。取り押さえようとして立ちはだかった一家の若い衆たちが、次々に殴られ、蹴られ、斬りつけられて倒された。三右衛門は愕然とした。

（こいつは、一筋縄じゃいかねぇッ！）

一家の賭場であったなら、用心棒の先生にご登場いただく場面だ。それほどの強敵である。

また一人、一家の若い衆が倒される。意気地を張って立ち向かったのだが、平三の匕首には敵わなかった。

平三は木戸口へ走る。すでに、手下の者どもは尽きていた。

（畜生ッ、逃げられちまうっ）

三右衛門が心の中で悲鳴をあげた、その時。

「だ、旦那ッ！」

長屋の木戸口に、痩身の人影がユラリと現われた。黒紋付きの巻羽織。腰の刀は鞘に納めたまま、八巻卯之吉が悠然と立ちはだかったのだ。

いつも通りの無表情。全身が脱力しきっている。顔色は月光のように青白く澄みきっていた。

さすがの平三もギョッとして立ち止まった。それほどまでに異様に見える姿である。命のやりとりをしている最中だというのに、殺気も、怒りも、それどころか、まったくなんの気色も感じさせていない。

平三は悪鬼の形相で匕首を構え直した。

「八巻卯之吉ッ！　こん畜生め！」

噂の人斬り同心。町奉行所の小役人でありながら、人切り稼業の浪人たちを何人も斬り捨ててきた傑物だ。さすがの平三も「もはや逃れられぬところ」と覚悟を決めた。

「この俺も、ついに年貢の納め時かよ。へへっ、ザマぁねぇよな。だがよぅ、手前《め》ェだけは許せねぇッ。手前ェだけは、一緒に冥土に連れていってやるぜッ」

腰だめに匕首を構えると、卯之吉目掛けて突進した。

「ウオオオオッ！」

ケダモノのように吠える。全身を殺気の火の玉と化して突っ込んでゆく。

三右衛門はカッと両目を見開いた。この突進は捌《さば》ききれない。抜き打ちに斬ったとしても、平三は勢いに乗って卯之吉に体当たりするだろう。腰だめに構えた匕首は刀で打ち落とされないための用心だ。平三は自分の命と引き換えに卯之吉の腹をえぐる覚悟なのである。

銀八も悲鳴をあげた。

「若旦那ッ！」

しかし卯之吉は泰然と構えたままであった。刀の柄に手をかけようともしなかった。

平三は突進した。目は血走り、視界は真っ赤に染まっている。卯之吉の身体がズンズン迫る。まったく避けようともせず、真っ直ぐに平三を見つめていた。

たったの数歩の突進なのに時間が止まって感じられた。聞こえるのは自分の鼓動と、荒い呼吸の喘《あえ》ぎだけだ。一歩、また一歩、平三は踏み出し、踏み込んで、地面を蹴って突進した。

――あと、一歩。

命を捨てて体当たりをする。卯之吉の居合斬りで自分は死ぬ。しかし、同時に卯之吉も、あの世に送ってやるのだ。

そう思った瞬間、

「あっ？」

踏み出した足がスルーッと滑った。

長屋の通路には大きなどぶ板が敷いてある。そのどぶ板の上に油がたっぷりとかけられていた。

平三の足裏は摩擦力を完全に失った。自分たちで撒いた油の膜を踏んでしまったのだ。

慌ててもう一方の足で踏み留まろうとしたが、どぶ板を踏みしめるはずの足もヌルンと滑って宙に浮いた。

平三の両足が空中高くに跳ね上がった。しまったと思った時にはもう遅い。平三は空中で半回転して、後頭部を勢い良くどぶ板に叩きつけ、そのままの速度で卯之吉の脇をすり抜けると、長屋の表戸に激突した。

凄《すさ》まじい音とともに戸を突き破り、土間の柱に激突する。「うーむ」と唸《うな》って伸びてしまった。

「旦那ッ」

三右衛門が駆け寄ってきた。卯之吉の無事を確認し、大の字に伸びた平三の横に膝をつく。

「気を失っていやがるぜ……」

いったい何が起こったのか。三右衛門にはさっぱりわからない。

(斬られた様子はねぇ……。ってことは、峰打ちか)

一瞬の居合抜きで抜刀し、峰を返して一撃を加え、目にも止まらぬ早業で刀を鞘に納めた。そうとしか考えられない。

（見えなかった。おいらにゃあ、なんにも見えなかったぜ……）

無表情のまま、卯之吉が立っている。その視線が宙を見つめている。否、何を見ているのかわからない。何も見ていないような目つきだ。これが無念無想という、名人のみが達する剣の境地なのか。

「なんてぇお人だ……」

さすがの三右衛門も、背筋にゾクッと悪寒を走らせてしまった。

「若旦那、若旦那」

銀八が卯之吉をそっと揺り動かした。卯之吉は目を開けたまま失神している。生まれてこのかた喧嘩など、ただの一度もしたことがない卯之吉である。平三の突進の恐怖に耐えかねて、立ったまま気を失ってしまったのだ。

「……エッ。あっ、ど、どうなったぇ？」

意識を取り戻して訊ねた。銀八にも答えられない。いったい何事が起こったのか、さっぱり理解できない顔をしていた。

忠蔵と並んで平三にも縄が掛けられた。三右衛門に小突かれながら番屋に引かれて行く。

「村田さんたちの捕り物は、どうなったかねぇ」

卯之吉はあくびを嚙み殺しながら、東の夜空を眺めた。

五

夜霧の一党は頭目の治郎兵衛以下、ほとんどの者が捕縛された。五年越しの快挙である。古株の与力や同心たちは溜飲を下げ、捕り物を指揮した沢田彦太郎、現場で活躍した村田銕三郎、治郎兵衛と格闘の末に怪我まで負った尾上伸平（その怪我のほとんどは、捕り方の打撃によるものだったが）らは面目を施し、奉行から直々に褒美まで下賜《かし》された。

そして、この時たまたま隠れ家を離れていた小頭の忠蔵と、凶暴な手口で知られた蛇ノ平三も、たまたま別件の探索をしていた八巻卯之吉によって発見されて捕縛された。主だった一党の者たちの中で捕縛を逃れたのは、お峰という女悪党一人だけであった。

しかし。一党が五年前に盗み集めたはずの一万両の行方だけは杳《よう》として知れない。治郎兵衛たちにも意地があるのか、いかに責められても、けっして口を割ろうとはしなかった。

「やいハチマキ」

村田銕三郎に呼ばれて、卯之吉は同心詰所の長火鉢の前から立ち上がった。

「はい、なんでございましょう」

「『はい、なんでございましょう』じゃねぇ。お前ェは商人か。もっとキビキビと返事をしねぇかよ」

とにかく最初は小言をくらわすのが村田の流儀である。

「お前ェが捕まえた忠蔵と平三のお調べ書きだ。お奉行にお読みいただくのだからな。間違いがねぇか、目を通しときな」

「はぁ」

卯之吉は露骨に「面倒くさいなぁ」という顔をしながら受け取った。

「それにしてもお前ェ、よくも二人を捕まえられたもんだな」

「はぁ。それは、荒海の親分さんのお手柄でして」

「どうしてアイツらは長岡町なんかをフラフラしていやがったんだい」

「さぁてねぇ？　あたしは、大家殺しの調べをしていただけでして。そこへ偶然悪党二人が通りかかったっていう……」

村田は「チッ」と舌打ちした。

「ツイている野郎だな、お前ェも」

それから、何事か思い出した様子で顔つきをかえた。

「それで？　その大家殺しの一件は、どうなったんだよ」

「いや、それがまったく……。あたしの手には負えませんよ。怨恨《えんこん》の筋でもなさそうだし、通りすがりの強盗ですかねぇ」

「ふん。まぁ仕方ねぇや。お前ェ、もうその件からは手を引いていいぜ」

夜霧の一党を捕縛したことで南町奉行所全体が沸いている。貧乏長屋の大家が殺された件など、もはやどうでもよくなっていた。

村田が去って、卯之吉は背伸びをしながら大あくびした。

「さぁて、市中の見廻りにでも行くかねぇ」

などと言いつつ、銀八を従えて暇潰しをするつもりでいる。村田から預かったお調べ書きのことなど、すでにすっかり忘れていた。

クネクネと奇妙な足どりで歩く同心の後ろを、幇間にしか見えない小者がつき従っている。二人は気の向くままに通りを流した。

「それで若旦那、大家殺しの一件はどうなったんで」

卯之吉は浮かない顔をした。

「それなんだけどねぇ、どうやら、あの平三ってお人が、ムササビの太吉さんを殺したようだよ」

匕首の使い方から三右衛門がそれと見抜いた。卯之吉も、そうではないかと思っている。

「へぇ！　それじゃ平三をとっちめて白状させれば一件落着じゃねぇですか！　上役の旦那方にお知らせしねぇと」

「そうはいかないよ」

「どうしてですかい」

「太吉さんが夜霧の一党だったということが表沙汰になったら、お直ちゃんまでお縄になっちまうじゃないか」

江戸の刑法は親族にまで罪科が及ぶ連座制である。太吉ほどの盗人であれば、娘のお直は間違いなく遠島だ。

「お直ちゃんは何も知らないんだ。おとっつぁんは堅気の八百屋で長屋の者から慕われていた大家だと信じている。その思いを大切にしてやりたいじゃないか」

「はぁ」

「というわけでね。あたしがお調べ書きに何も書かなければ、それでオシマイ」

卯之吉はほんのりと笑った。

銀八は「ちょっと待ってくだせぇ」と、目を剝いて若旦那に迫った。

「それじゃあ、長屋の縁の下に埋まっているはずのお宝はどうなるんで？」

「さぁてねぇ。それも掘り出してしまえば、お直ちゃんが詮議を受ける。奉行所のお役人にあれこれつつかれれば、太吉さんの正体もいずれは割れてしまうだろうしねぇ」

卯之吉は「うふふ」と笑った。

「五年前、夜霧の一党に金を奪われたのは、江戸でも有数の豪商ばかりさ。千両や二千両、帰って来ても来なくても、どうこうなるような身代じゃない」

「はぁ」

「そのまま埋めておくのがいいさ」

「若旦那ァ」

「まぁ、そのうちに、三右衛門さんたちを連れて掘り出しに行こうよ」

「そりゃあ着服ってヤツですよ！」

冗談なのか本気なのか銀八にはわからない。この若旦那の考えていることはまったく読めない。

「若旦那ぁ、待ってくださいよぅ」

卯之吉はさも楽しそうに、初冬の町を歩いていく。銀八は慌てて後を追った。

双葉文庫

は-20-03

大富豪同心《だいふごうどうしん》

一万両《いちまんりょう》の長屋《ながや》

2010年8月14日　第1刷発行
2011年9月8日　第5刷発行

【著者】
幡大介《ばんだいすけ》

【発行者】
赤坂了生
【発行所】
株式会社双葉社
〒162-8540 東京都新宿区東五軒町3番28号
［電話］03-5261-4818（営業）　03-5261-4833（編集）
www.futabasha.co.jp
（双葉社の書籍・コミックが買えます）
【印刷所】
慶昌堂印刷株式会社
【製本所】
株式会社宮本製本所

【表紙・扉絵】南伸坊
【フォーマット・デザイン】日下潤一
【フォーマットデジタル印字】飯塚隆士

ISBN978-4-575-66460-7 C0193
Printed in Japan